||||| ||| |||||||| ||| ||||||| |||
CB068413

© Mauro Fiterman, 2022
Capa: Tatiana Sperhacke // TAT studio
Projeto gráfico e editoração: TAT studio
Supervisão editorial: Paulo Flávio Ledur

CIP-BRASIL. CATALOGAÇÃO NA PUBLICAÇÃO
SINDICATO NACIONAL DOS EDITORES DE LIVROS, RJ

F572s   Fiterman, Mauro
            O senhor das caminhadas : novos trajetos / Mauro Fiterman. – 1. ed. – Porto Alegre [RS] : AGE, 2022.
            142 p. ; 14x21 cm.

            ISBN 978-65-5863-142-2
            ISBN E-BOOK 978-65-5863-143-9

            1. Contos brasileiros. I. Título.

                                                 CDD: 869.3
22-79462   CDU: 82-34(81)

Meri Gleice Rodrigues de Souza – Bibliotecária CRB-7/6439

Reservados todos os direitos de publicação à
LEDUR SERVIÇOS EDITORIAIS Ltda.
editoraage@editoraage.com.br
Rua Valparaíso, 285 – Bairro Jardim Botânico
90690-300 – Porto Alegre, RS, Brasil
Fone/Fax: (51) 3061-9385 – (51) 3223-9385
vendas@editoraage.com.br
www.editoraage.com.br

O SENHOR DAS CAMINHADAS: NOVOS TRAJETOS

MAURO FITERMAN

Editora AGE

PORTO ALEGRE, 2022

SUMÁRIO

APRESENTAÇÃO / 8

1. CAMINHADA PRAIANA / 12

2. CAMINHEMOS JUNTOS / 16

3. PASSANDO O TEMPO / 20

4. O TEMPO E O VENTO / 24

5. DE OLHOS FECHADOS / 28

6. A LEITORA SOLITÁRIA / 32

7. REALIDADE PERMITIDA / 36

8. ENTENDENDO LIBERDADE / 42

9. ESTAR BEM / 64

10. O SOM DO SILÊNCIO / 68

11. CORAGEM / 72

12. COMEÇAR DE NOVO / 76

13. TENTANDO ENTENDER / **80**

14. AUTORRETRATO / **86**

15. PROCURANDO RESPOSTAS / **92**

16. METÁFORAS / **96**

17. MINHA AMIGA / **100**

18. MARCAS DA VIDA / **106**

19. DECEPÇÃO / **112**

20. O DIA DOS PAIS / **116**

21. ESCOLHAS / **122**

22. MEDO / **126**

23. ESCADAS E ATALHOS / **130**

24. O CHEIRO DA VÓ / **134**

25. CAMINHANDO NA CHUVA / **138**

Ao meu pai, Salomão *(in memoriam)*, que o tempo todo me deu a sua mão, do seu jeito. Ele me segurou, me soltou, me puxou e me empurrou; algumas vezes, só falou; outras, somente me olhou. Mas esteve e ainda está sempre ao meu lado.

APRESENTAÇÃO

Quando da publicação do livro *O Senhor das Caminhadas*, dois aspectos foram destacados como aqueles que, na ótica deste autor, decifravam o âmago da história, quais sejam: a ideia de valorização acerca do simples, da riqueza do cotidiano das pessoas, e um espaço destinado a pais e filhos, não necessariamente nessa ordem.

O livro foi publicado na metade do ano de 2019 e poucos meses após, em março de 2020, se impuseram importantes mudanças, adaptações, no cotidiano das pessoas. Entre tantas mudanças, saltou aos olhos nova formatação nas relações entre pais e filhos, diante da imposição de inéditos espaços e jeitos de convívio, em especial a questão da *proximidade*. E ninguém estava preparado para isso.

Já houve quem dissesse que os personagens de um livro ganham vida própria. Também já foi dito que, muitas vezes, o autor fica subordinado ou, até mesmo, dependente de seus personagens. No caso dos personagens protagonistas do livro *O Senhor das Caminhadas*, Henry e Clara, pai e filha, de algum modo, isso se faz presente. E *O Senhor das Caminhadas: novos trajetos* ilustra bem isso.

Henry e Clara seguiram seus caminhos, novos caminhos, mas mantendo o curso dos caminhos da simplicidade do cotidiano, possibilitando a quem os acompanha colher das suas experiências conjuntas, não exatamente um norte a seguir, pois jamais foi essa a pretensão da obra, mas, talvez, uma fonte de reflexões sobre a vida em família, na escola, ou mesmo em sociedade. Como o fator desencadeante do projeto é a ideia de proximidade, sendo importante registrar que a concepção da expressão não é somente física, optou-se pela elaboração de pequenos contos, a maioria deles essencialmente dialogados.

Nos contos, alguns postados em redes sociais durante o ano de 2021 e outros inéditos, Henry e Clara seguem novos trajetos, todos colocando pai e filha numa trilha de desenvolvimento conjunto, regado por conhecimento, tristeza, alegria, frustrações, entre tantos sentimentos que o convívio de um pai com um filho pode oferecer.

Ao contrário do que se poderia pensar, não são trajetos óbvios, lineares, motivo pelo qual a ordem da leitura dos contos do livro não é ditada pelo autor; ao contrário, estimula-se que cada leitor, aleatoriamente, faça o seu trajeto, diante da preferência pessoal sobre os temas, cujos títulos, sugestivos dos respectivos conteúdos, facilitam as escolhas a serem efetuadas. Caminhe com Henry e Clara em seus novos trajetos de vida...

– Mauro Fiterman

1. CAMINHADA PRAIANA

Acordo e, sem pestanejar, pulo da cama. Vou rapidamente ao banheiro e, depois, coloco os tênis e visto um calção e uma camiseta. Tudo isso, silenciosamente, para não acordar ninguém.

Cedo da manhã, assim como durante a noite, a impressão é de que qualquer som se propaga com intensidade muito maior do que durante o restante do dia. Daí minha preocupação em evitar os ruídos.

Saio da casa e inicio a caminhada matinal. É verdade que não tão cedo quanto eu gostaria, também, talvez, não no local exato que eu gostaria, mas, lá atrás, aprendi com a minha pequena Clara que não posso ser tão rigoroso com os meus caminhos e muitas coisas mais que passam pela minha vida.

Como se trata de um novo território para percorrer, tenho que tomar a primeira decisão: para a esquerda ou para a direita?

A resposta vem rápido. Devo ir para a direita, pois voltarei a favor do vento. Aqui no litoral, não há como não ter no vento uma referência para diversos momentos. Sigo à direita e caminho pelo meio da rua, uma rua asfaltada, característica das ruas à beira-mar, o que facilita o meu andar. O sol já está a pleno, o horário não é o mais adequado. Para fugir dos raios solares, entretanto, eu teria que acordar num horário incompatível com o descanso que procuro nas férias, ossos do ofício...

Meus primeiros passos ainda são de uma pessoa cansada e à procura de um caminho verdadeiro. Nesse contexto, o proveito é mínimo. Aos poucos, porém, parece que a adaptação se dá de forma tão natural, que verifico já ter trilhado a metade do caminho proposto.

Somente agora começo a prestar atenção no meu entorno, um entorno variável, seja pelo visual, que se modifica, à direita pelos prédios ou à esquerda pelos cômoros de areia e pelas ondas do mar. A cada minuto que passa, mais pessoas cruzam por mim, caminhando como eu, correndo, de bicicleta ou passeando com seus cachorrinhos. Quando me dou conta, hora de voltar. Metade do percurso cumprido. Isso, mesmo que eu tenha aprendido a relativizar em parte minha rigidez, não abro mão de regras básicas de organização. Passo a voltar, agora com o vento me empurrando de volta para casa. Sim, eu e ele, meu aliado, o vento, juntos. Passo mais calor, pois o vento que antes me continha também me refrigerava. Na vida é assim, um equilíbrio de situações melhores e piores; já aprendi isso e assimilei.

Na volta, revejo muitos daqueles que antes cruzaram por mim. Isso também já não me incomoda mais. Mais um aprendizado que tive nas conversas e nas histórias com a minha Clarinha. Com o au-

xílio do vento, rapidamente me vejo alcançando meu destino; lá está ele, minha casa. De longe, já avisto janelas abertas e a Clara na grama correndo, com seu inseparável boné. Quando me aproximo, ouço aquela doce voz:
– Oi, papai!
Após, vejo um abano acompanhado de um sorriso apaixonante para um pai. Abano também, e, finalmente, chego. Ela vem correndo e, desprezando meu suor, me abraça e diz:
– Não encontraste aquele Senhor das Caminhadas?
Eu respondo:
– Minha filha, não tenho certeza, mas acho que sim.

2. CAMI-NHEMOS JUNTOS

Ainda é cedo da manhã, quando eu desperto e me preparo para mais uma caminhada praiana. Tudo pronto, me dirijo até a porta de saída, quando ouço um barulho de uma porta se abrindo. É a Clara, saindo do seu quarto, com a sua tradicional "cara de sono", que pode ser resumida, para efeito de uma melhor compreensão, a uma criança com um olho aberto e o outro fechado. Ao sair do quarto, ela diz:
– Pai, eu posso caminhar contigo?

Minha esposa já havia me dito que Clarinha queria caminhar comigo, mas sempre que ela acordava, eu já havia saído. Ela vinha se esforçando para conseguir vencer essa difícil barreira do horário.

Devo dizer que, por motivos óbvios, a pequena Clara não tem condições físicas de caminhar comigo. Ou seja, caminhar com Clara é algo muito diferente daquilo que faço diariamente. Mas, ela está ali, e reitera:
– Pai, vamos lá? Já estou quase pronta.

Quando vejo, ela já vestiu um calção, seu par de tênis e está com um boné na mão. Perdoem-me pelo comentário piegas, mas é uma cena muito doce e fofa.

Bom, mas o que fazer agora, penso eu.

Devo explicar para Clara que a caminhada do pai dela é um exercício físico que ela hoje não consegue fazer, e frustrá-la daquilo que ela lutou tanto para conseguir? Sim, lutou. Para crianças, muitas vezes, aquilo que para nós adultos pode parecer simples, são vitórias importantes, que precisam ser reconhecidas. Tudo isso é um treinamento para a vida adulta que está por vir. A outra opção seria levá-la comigo, claro, o que representaria a frustração do meu exercício diário, tão importante para mim.

Opto pela segunda opção.

– Excelente, filhota. Vamos lá!

– Vamoooos!

O sorriso inicial dela já assinala que eu devo ter tomado a decisão correta.

Saímos pela porta, ingressamos na calçada, a passos lentos. Começamos a atravessar a rua, momento em que, naturalmente, aquela pequena mão segura a minha e aperta como um pedido de proteção e parceria que talvez somente um pai possa dar para uma filha.

Seguimos caminhando por algumas quadras, cruzando pelas poucas pessoas que se exercitam naquele horário cedo da manhã. A maioria delas deposita um sorriso ao cruzar por Clara, aquela menina que invadiu o espaço dos mais velhos, uma novidade para todos. A cada passo, ela deixa uma observação sobre o mar, sobre os pássaros, sobre o céu, ou seja, sobre tudo que se apresenta no nosso caminho.

Em determinado momento, vejo que temos que retornar; ela já demonstra cansaço.

Retornamos vagarosamente, passeando, detalhando o caminho, aos olhos dela, com as minhas sinalizações e observações em um caminho que eu tão bem conheço.

Ao chegarmos em casa, vou para a cozinha buscar água para bebermos, e Clara senta na sua pequena cadeira no jardim do quintal. Quando retorno, vejo-a de costas com o seu telefone celular nas mãos e, um pouco contrariado, me aproximo com o objetivo de dar uma reprimenda pela necessidade de, recém-chegando de uma caminhada, já retomar o uso do famigerado aparelho. Quando me aproximo, sem que ela sequer perceba, pelo alto dos seus pequenos ombros, vejo-a escrevendo:

– Mãe, hoje é o dia mais feliz da minha vida; caminhei com o papai!

Dou um gole na água dela, volto para dentro da casa, entro no banheiro, lavo o rosto, retorno para o quintal, abraço minha filha e penso: "Como imaginei que existia a opção de não fazer o que fiz".

3. PASSANDO O TEMPO

– Pai!
– Oi, Clara!
– Quando vamos para a praia?
– Daqui a uma hora, mais ou menos. A tua mãe ainda está dormindo. Palavra de Henry!
– Ah, uma hora é um monte. E não tem nada para fazer.

Quando Clara lançou a famosa frase "não tem nada para fazer", cabia a mim, como pai, ser criativo naquele cedo horário do sábado praiano, no qual o único sinal de vida que havia na sacada da casa era o barulho confortante da pequena brisa vinda do nordeste. Em alguns segundos me veio a lembrança do meu passado, da minha infância. O período de praia tem esse condão, de buscar reminiscências que ficam guardadas em um espaço visitado pelos nossos pensamentos somente quando existe um *start* muito especial.

E foi o caso.

– Clarinha, pega aquela vassoura grande que está lá na área de serviço.
– Pai, a de palha?
– Sim, a de palha.

Clara saiu correndo para buscar a vassoura e logo voltou.

– Aqui está ela. E agora?
– Me dá ela aqui e vamos ali na calçada.

– Na rua?
– Isso mesmo, lá na rua.
Chegando na calçada, entreguei a grande vassoura para a pequena Clara, que a agarrou do jeito que entendeu possível e, imediatamente, me questionou:
– E agora?
Em resposta, expliquei para ela que, quando eu tinha a idade dela, sempre via a minha avó, cedo da manhã, varrendo a calçada. Eu só ouvia o som da palha raspando a calçada. Era mais do que uma limpeza que estava ocorrendo. Minha idosa avó, naquele momento, estava se desenvolvendo física e emocionalmente. Quanto mais caíssem folhas das árvores, melhor era. Enquanto fazia o exercício, conversava com as suas amigas e vizinhas, que faziam o mesmo. De tempo em tempo, cumprimentava e trocava breves palavras com os raros transeuntes que passavam por ali naquele horário. Tudo aquilo fazia parte de uma simples, mas importante, rotina. Fazia bem para ela, fazia bem para os outros. Logo, as demais pessoas da casa acordavam e todos iam juntos para a praia. A sempre atenta Clara prestou atenção máxima, fez várias perguntas em meio à narrativa e nem viu o tempo passar.

Finalmente, perguntou:
– Vamos varrer, então? As vizinhas vão começar a varrer ao lado? As pessoas vão começar a passar?

Antes de responder, olhei para os lados e não vi transeuntes, as vizinhas também não estavam por ali. Então, falei:
– Sim, vamos varrer!

Hora de ouvir o som da palha, lembrar do passado, do afeto pelo passado que não me deixou. Quando entreguei a vassoura para Clara e pensei em ajudá-la a iniciar, a vizinha de frente, subitamente, ligou o motor do soprador de folhas, e eu e Clara entramos em casa. Ao menos o tempo passou. Hora de ir para a praia.

4. O TEMPO E O VENTO

– Vamos, mamãe, nem vento tem!

– Vai indo com o teu pai, que eu encontro vocês lá.

Clarinha e eu fomos à frente, caminhando para a praia. O sol prometia "aquele" dia praiano. Eu puxando o carrinho com o guarda-sol e as cadeiras; e ela levando um pequeno balde e uma pá.

Ainda cedo, a busca por um local para se instalar foi tarefa fácil, mesmo num final de semana de verão. Escolhido o local, coloco o guarda-sol, sento-me numa das cadeiras e Clara imediatamente corre até o mar. De longe, Clara pode ser observada com segurança. O silêncio só é rompido pela quebra das ondas.

Passada uma hora, quando Clarinha já está na sombra oferecida pelo guarda-sol, cavando um buraco com o objetivo de encontrar água e narrando como explorará o desconhecido, chegam os primeiros vizinhos mais próximos. É um jovem casal, de não mais de 20 anos de idade.

Em alguns segundos, o som das ondas do mar é subitamente substituído por uma música alta, de cantores sertanejos. A jovem canta com um engajamento ímpar as músicas, enquanto o jovem assume uma espécie de condição de DJ da companheira, orgulhando-se da reação que ela exterioriza a cada troca de música.

Já não consigo mais ouvir Clara. Vejo que ela fala, mas são palavras que se perdem no ar. Eu me aproximo dela e, com isso, minimiza-se a situação. Passados uns 15 minutos, chegam os novos vizinhos, desta vez atrás do nosso guarda-sol. São dois casais. Imediatamente, ligam o seu som, em altíssimo volume, tocando pagodes em sequência. A animação deles é muito grande, de certo ponto poderia ser até contagiante, não fosse o acúmulo de poluição sonora causada, agora, em função do som produzido pelos dois aparelhos vizinhos, em alto volume, com músicas totalmente diferentes.

O primeiro casal, nitidamente, se sente afetado. Aumenta o volume e suas fisionomias são de insatisfação. Mas, devem pensar: o que fazer, se o som dos que chegaram é mais potente?

Neste momento, aguardo com a máxima ansiedade a chegada de minha esposa, para que alguma providência seja tomada.

Enquanto isso, chega mais um vizinho, desta vez do outro lado. Agora é um grande grupo. Em poucos segundos, soltam o *funk*. A situação, definitivamente, torna-se insustentável. Eis que chega minha esposa. Ela nem se senta em sua cadeira. Retiramos o guarda-sol e procuramos outro lugar para ficar.

A praia está lotada. Conseguimos um espaço bem perto do mar, mas onde sequer é possível instalar o guarda-sol, pois a água do mar ali chega constantemente. O vento passa a ficar muito forte. Aquele incômodo vento tão conhecido daqueles que por décadas frequentam as praias do litoral norte gaúcho. Entretanto, desta vez, o barulho do vento não incomoda ninguém. O que realmente incomodava, não incomoda mais.

27

5. DE OLHOS FECHADOS

– Pai, vamos brincar de "olhos fechados"?

Clara é uma menina muito inquieta e criativa, por isso não raras vezes me surpreende e, até mesmo, deixa as pessoas de saias-justas. Ao receber a proposta dela de brincar de "olhos fechados", reviso, rapidamente, a minha memória de infância, para ver se lembro de algo parecido, e nada me vem à cabeça. Por isso, respondo:

– Como assim, Clara, que brincadeira é essa?

Ela responde:

– É simples, pai. Basta fechar os olhos e sempre imaginar somente aquilo de que tu gosta, que tu quer, ou o contrário.

Vejo que por detrás da esperteza da minha filha ainda sobra infantilidade e ingenuidade. Isso me fascina e me conforta; gosto da minha filha ainda criança. Então, provoco:

– Vamos brincar?

Ela, de imediato, aceita com muito entusiasmo.

– Começo eu! – diz ela.

– Perfeito! – respondo.

– Pai, vai!

– Sim, mas me explica o que devo fazer.

– Faz assim. Diz para eu pensar em alguma coisa de que eu gosto ou que eu não gosto de comer.

– Ah, tá.

– Diz, pai!

É difícil de entender os jogos inventados pela Clara, e ela, bem mandona, se irrita com facilidade. Mas, sigo a "dona do jogo".

– Clara, pensa em algo que você gosta muito de comer.

Quando termino de falar, ela fecha os olhos e nada fala. O silêncio paira no ar. Não sei se, pelas "regras do jogo", devo falar ou não. Eu me seguro para não começar a rir; a cena dela de olhos fechados é muito engraçada. De repente, ela abre os olhos e diz:

– E aí?

Eu respondo:

– Aí o quê?

Ela, braba, replica:

– No que eu estava pensando?

Penso eu, esse é o jogo, um jogo de adivinhação. Chuto uma resposta, então:

– Brigadeiro.

– Uau! Acertaste na mosca!

Não tinha como errar. Clara é apaixonada por brigadeiro. Imediatamente, Clara diz que não quer mais brincar. Acredito que a minha resposta foi muito rápida e, não bastasse isso, certeira. Ela não gosta de brincadeiras que não rendem muitas discussões e detesta perder.

Nesse ínterim, recebo uma ligação telefônica de um cliente. Na ligação, ele refere que não irá cumprir com aquilo que havíamos estabelecido com um de seus parceiros comerciais. Pondero a ele das consequências disso, bem como que não me responsabilizo por elas. Ele, de forma fria, me responde:

– Já brincaste de fechar os olhos?

Respondo que sim:

– Então, me pergunte alguma coisa?

E pergunto:

– Pensa em algo que você não gostaria que alguém fizesse contigo?

Ele desligou o telefone. Acho que não quis mais brincar.

6. A LEITORA SOLITÁRIA

Já na areia da praia, num dia lindo de sol, e Clara correndo para todos os lados, indo ao mar e voltando sem parar. Minhas únicas preocupações são que ela não tire o boné, não entre no mar após a água alcançar seus joelhos e que não se perca. Chega, entretanto, um momento em que ela precisa sossegar. Chamo-a, e ela, meio a contragosto, me obedece. Clara dificilmente é desobediente; apenas não deixa de registrar sua contrariedade quando discorda das coisas. Um pouco emburrada, na sombra oferecida pelo guarda-sol, come seus biscoitos prediletos. É o momento em que ela, já distensionada, volta a ser a Clarinha do meu coração. Ela olha para mim e diz:

– Pai, olha lá aquela moça sozinha, coitada.

Olho para a pessoa indicada por Clara e vejo uma mulher, não tão jovem, sentada em uma cadeira de praia, lendo um livro. Respondo para Clara:

– Clara, ela está lendo. Não precisa ter pena dela.

– Sim, mas está só. Veja no nosso entorno que os guarda-sóis estão repletos de gente, famílias, amigos. E ela tão sozinha.

⚘ Interessante a abordagem da Clara, mas evidente que o fato de a mulher estar só não significa tudo isso que Clara visualiza. Então, pondero:

– Meu amor, veja que a senhora está muito concentrada. Deve ser um excelente livro.

– Sim, mas lendo sozinha. – Responde Clara.
E sigo:
– Ler sozinho não é exatamente estar só nem ser um coitado.
Clara me observa com um olhar de dúvida, talvez interrogação, como quem não entendeu exatamente o que eu quis dizer na minha abstrata observação. Diante disso, sigo:
– Muitas vezes o prazer da leitura é o silêncio, a atenção e a possibilidade de concentração, coisas que somente são possíveis, para alguns, quando estão sós.
Agora, Clara balança a sua cabeça para cima e para baixo, deixando claro que, finalmente, entendeu o que eu quis dizer.
Mas, ainda assim, consigna:
– É, pai, mas ela continua sozinha.

Essa é a minha Clara, mesmo quando recebe a explicação e até concordando, não desiste de provocar mais reflexões. Assim, lá vou eu:
– Já pensaste que ao ler o livro essa senhora está acompanhada dos personagens da história?

Clara lança um olhar de surpresa, sorri, como se eu tivesse dado a ela um conforto acerca da condição daquela senhora, de modo que ela não tivesse mais motivo para ter pena dela.

– Verdade, pai. Tomara que os personagens sejam legais, mais legais que o pessoal do guarda-sol ao lado.

Olho para o guarda-sol ao lado e lá vejo um homem, em uma conduta desgovernada e agressiva, xingando uma mulher e duas crianças brigando, sem que os pais sequer percebam.

7. REALIDADE PERMITIDA

"Menino de apartamento" é uma expressão que se consagrou, principalmente nas grandes cidades, diante da imensa maioria de pessoas que residem em prédios com acesso limitado ao convívio social pelas ruas.

E aqui no litoral, numa casa, notadamente, vejo um espaço diferente para Clara. Ela acaba tendo uma interação com o mundo real que no seu dia a dia de "menina de apartamento" ela não tem.

Sem dúvida, a primeira sinalização é de uma coisa boa: minha filha, finalmente, começará a conhecer uma realidade que logo adiante estará à frente dela. Assim, ela ficará mais preparada para os desafios que estão por vir. A segunda sinalização, entretanto, que salta aos olhos, é que esse embate com a realidade se dá sem que ela esteja realmente preparada. Eis um desafio que se apresenta.

Estamos eu e Clara em frente à casa, na varanda, jogando bola, quando minha intuitiva filha diz:

– Pai, não parece que tem alguém nos olhando?

Sorrindo por dentro, mas sem deixar Clara se dar conta disso, penso: claro, estamos de frente para a rua, para a calçada, os transeuntes, e aqueles que estão nos carros nos observam a todo momento.

Mas, não posso dizer isso para Clara; ela é muito sensível e pode ficar chateada com um menosprezo da minha parte à sua observação. Então, respondo:

– É mesmo, meu amor? Que coisa! Acho que deve ser porque essas pessoas nunca viram uma menina tão linda.

Clara, porém, imediatamente, com um olhar enfezado, replica:
– Não é disso que eu estou falando! Estou falando sério.

Como diriam os mais antigos, ela resolveu "botar ordem na casa". A partir daí, mudo o tom da conversa, constatando que minha filha cresceu – acho que é isso que ela quis me dizer – e respondo:
– Sim, mas do que você está falando, objetivamente?
– Daquele senhor, ali do outro lado da rua. Ele não para de olhar pra cá.

Quando ela termina de falar, de forma discreta, olho para o outro lado da rua e, efetivamente, visualizo uma atitude suspeita. Um senhor de óculos escuros, mas que, de tempo em tempo, se vira e fica nos observando. Passo a desconfiar que possa ser um assaltante, mas guardo isso para mim, pois não quero assustar minha filha. Tento mudar o assunto.

– Meu amor, pronta para irmos à praia daqui a pouco?
– Sim, pronta, mas, olha lá, ele continua olhando para nossa casa.
Clara é muito atenta, não vai deixar de prestar atenção no tal homem. E ele continua ali. Questiono comigo mesmo se não é o caso de entrarmos para dentro da casa. Talvez chamar a polícia, mas não quero assustar a Clara. Ela não tem a real compreensão do que pode estar acontecendo. Enquanto estou decidindo o que fazer, ela questiona:
– Pai, vai lá falar com ele.
Ao dizer isso, aponta para o homem. Imediatamente, seguro o dedo dela e digo:
– Clarinha, não aponta para ele.
– Mas, pai, é ele quem está olhando para nós.
Paro, penso e digo:
– Sim, mas a gente não sabe quem ele é.
Ela me olha, com um olhar de dúvida, como que dizendo: não entendi, um homem que não nos conhece fica nos olhando e eu não posso nem apontar para ele?

Já estou tenso. Ela, apenas incomodada. Ela não tira os olhos do homem e eu tento fazer com que ela pare. De repente, ela grita:
— Olha lá! Olha lá! Ele está tirando fotos da gente.

Realmente, o indivíduo, agora, além de não parar de olhar, está tirando fotos. Não vejo outra saída: vou ter que chamar a polícia. Pego o telefone e digo para Clara:
— Amor, vamos para dentro, que o pai vai fazer uma ligação telefônica.
— Ué, mas por que eu preciso entrar para que você dê um telefonema?

Mais uma vez, fico sem resposta. Com a Clara, cada vez mais, tem sido assim. Então, resolvo ser objetivo:
— É que eu estou preocupado que esse senhor que está ali na frente possa ser um assaltante ou outro tipo de criminoso.

Ao terminar de ouvir, Clara começa a pegar os brinquedos dela, agarra a minha mão e entra comigo para dentro da casa. Pego o telefone e ligo para a polícia, que rapidamente aborda o tal homem e me retorna dizendo que eu fique tranquilo, que não há motivo para preocupação; possivelmente, era apenas uma pessoa indiscreta, mal-educada, aliás, o que não é exatamente uma novidade nos dias de hoje.

Falo para Clara. Ela se acalma e me diz:

– Por que não me disseste logo que ele era perigoso?

Fiquei sem resposta.

Quando paro para pensar sobre o ocorrido, chego à seguinte conclusão: sou um pai de apartamento e, talvez, minha filha não seja uma menina de apartamento ou, pelo menos, possa deixar de ser, se eu deixar.

8. ENTENDENDO LIBERDADE

Poucos momentos demonstram com maior clareza o brincar de uma criança como um banho de mar. Tão logo elas enfrentam o desafio de colocar os pés na água fresca salinizada e ultrapassam a reação do frio e do diferente, surge uma verdadeira paixão.

Com Clara não é diferente. Lá está ela, pulando as pequenas ondas da beira do mar, local onde se mantém diante das expressas recomendações que recebe, jogando-se na areia molhada e conversando com outras crianças que também estão lá.

Em determinado momento, entretanto, vejo-a retornando em alta velocidade. Chega toda molhada, bufando, respingando em todos que estão à sua volta, e diz com ênfase:

– Vocês não sabem o que aconteceu!

Quando Clara fala desse jeito, eu e minha esposa nos olhamos discretamente e nos seguramos para não rir da forma emocionada da exclamação de nossa pequena. Após, respondo:

– Nos conte, o que houve?

– Eu estava lá no mar e o salva-vidas apitou e fez um sinal com o braço!

Esse era o fato, o salva-vidas fazendo seu trabalho preventivo, evitando que os banhistas se coloquem em situação de risco. Ou seja, evidente que não estava se dirigindo a Clara, que estava se banhando praticamente junto com as tatuíras na areia molhada. Claro, nossa filha deve ter se impressionado, entendo. Assim, explico:

– Clarinha, querida, fica tranquila e pode voltar para o mar. O salva-vidas devia estar apitando para outra pessoa que estava em local de risco, provavelmente mais para dentro do mar.

Dito isso, Clara me olha com um olhar que, se fosse traduzido, seria mais ou menos assim: "Pai, por favor, isso é óbvio".

Muitas vezes, sem dúvida, eu desprezo a sagacidade da Clara. Acredito que seja uma forma de mantê-la como minha eterna filhinha, meu bebê. Bom, isso é tema para outro momento. Tento corrigir minha última frase e digo:

– Sim, mas explica melhor o que ocorreu.

– Foi assim. Quando o salva-vidas apitou e fez o sinal com o braço, um homem, bem mais velho, sabe, que estava no mar lá na frente, no fundo, olhou para trás e começou a gritar: "O que é? Estou bem aqui! Sou livre! A vida é minha!". Ele estava muito brabo.

Ouvi o que ela tinha a dizer, que, efetivamente, era bem mais profundo do que eu supunha, e comecei a, rapidamente, pensar no que dizer para minha filha. Decidi fazer uma pergunta:
— Clara, o que você acha disso?
— Pai, não sei bem. A vida é dele mesmo, né? Mas era para o bem dele.

Ao ouvir Clara, vi que ela, realmente, tinha compreendido parte importante do dilema. Mas talvez faltasse algo. Por isso, segui falando:
— Você sabia que muitas vezes os salva-vidas se afogam quando estão tentando salvar os banhistas que estão se afogando?

Clara, ao ouvir isso, abriu seus olhos, com uma expressão de surpresa. Ao que parece, entendeu que eles não são os super-heróis das telas do cinema, mas sim heróis da vida real. Imediatamente, ela disse:
— Acho que o homem estava errado; a vida não era somente dele.

E eu completei:
— E não era somente para o bem dele.

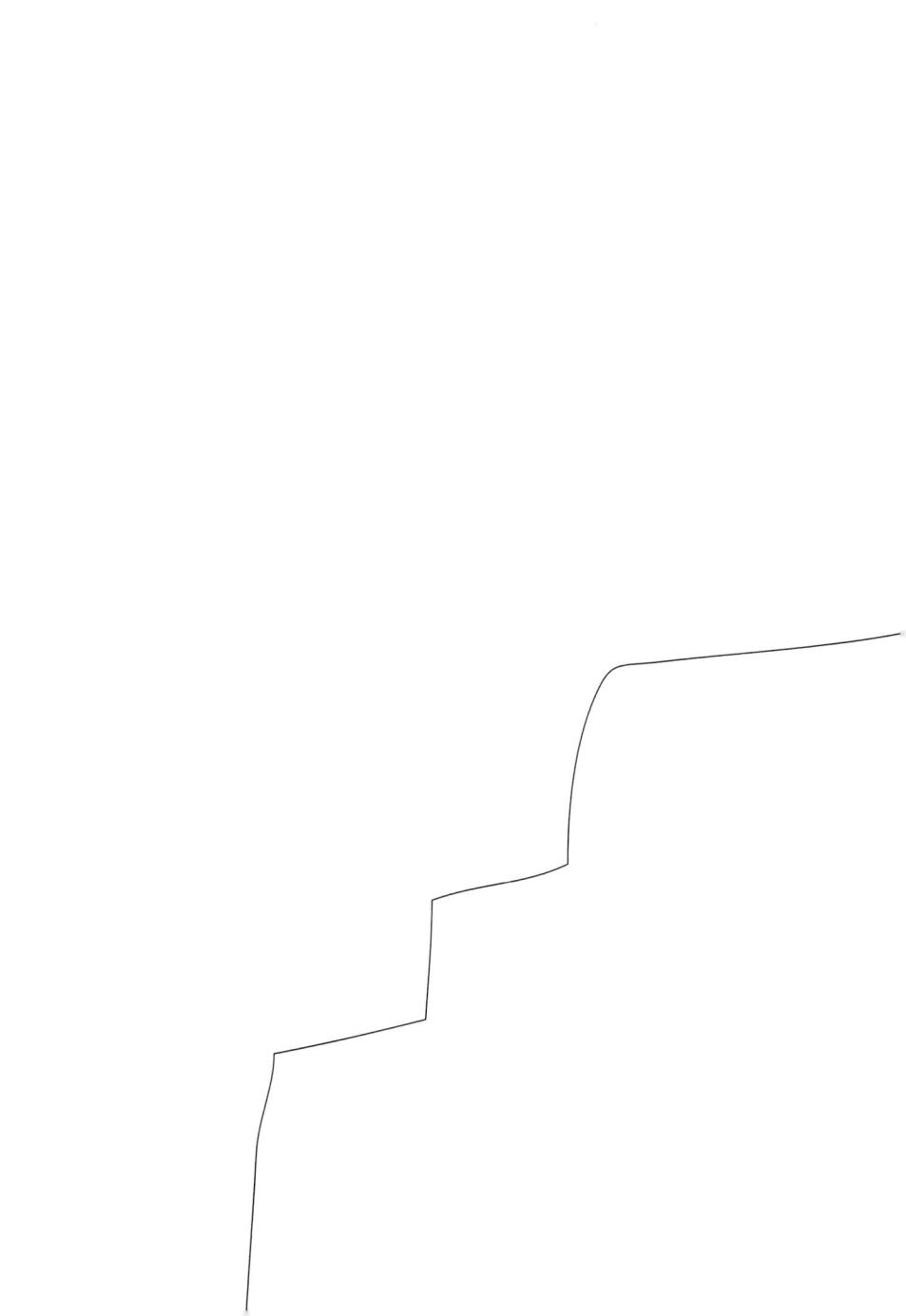

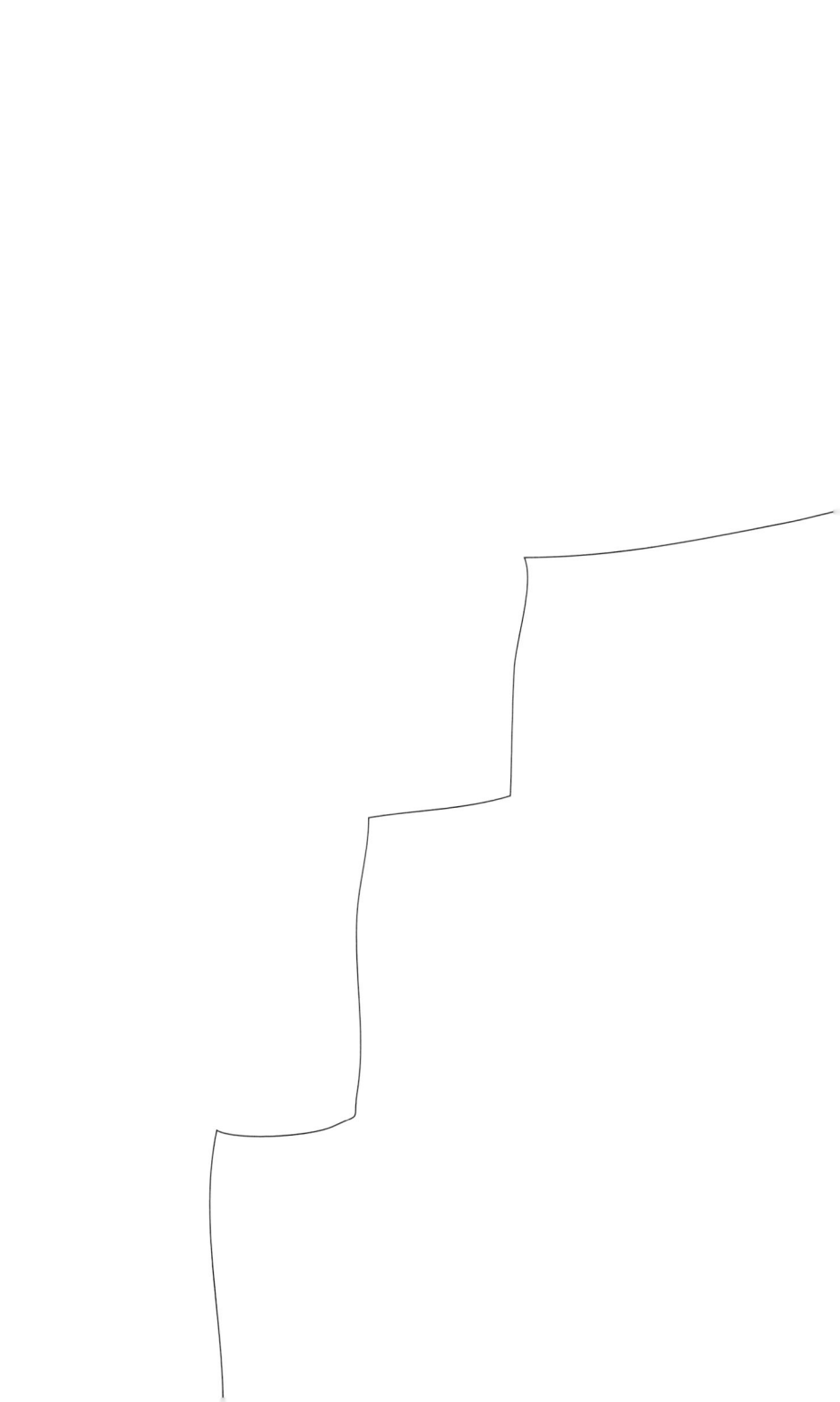

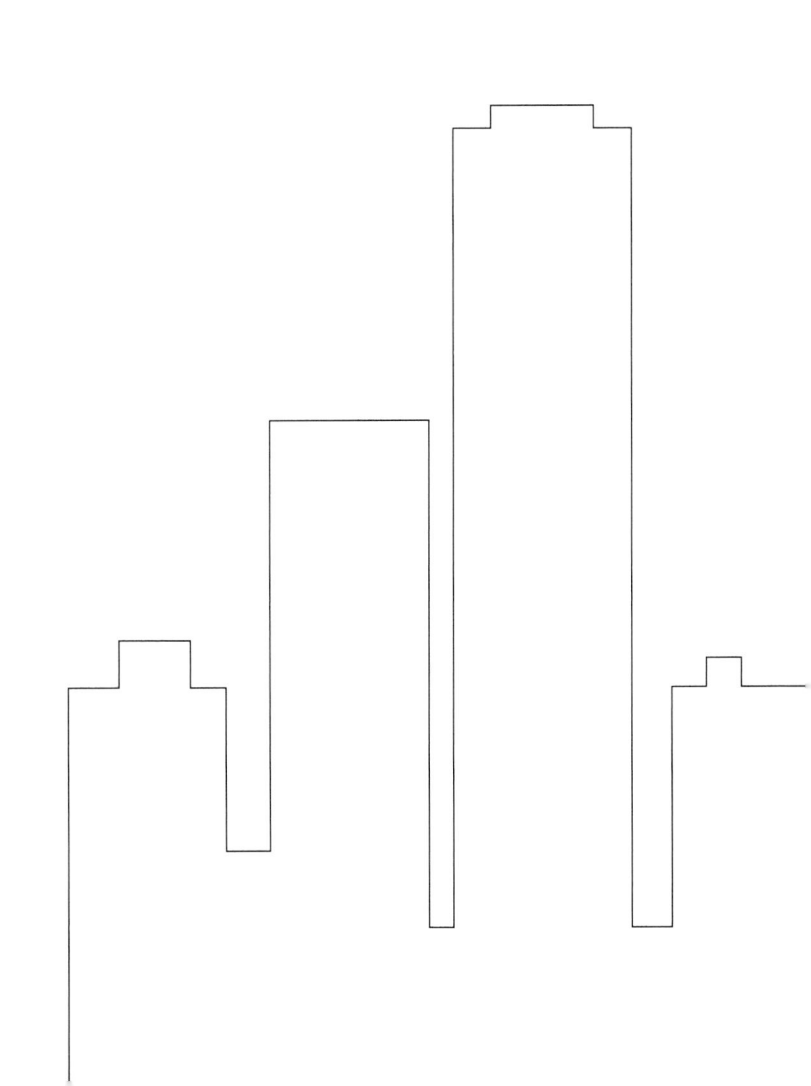

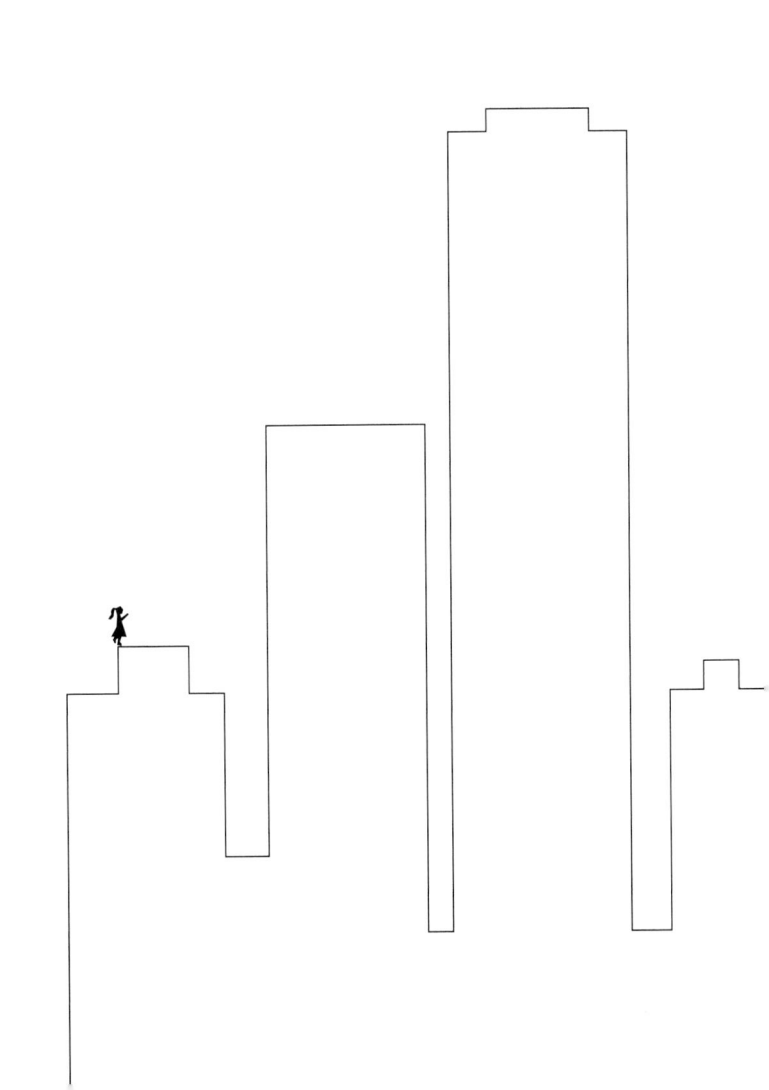

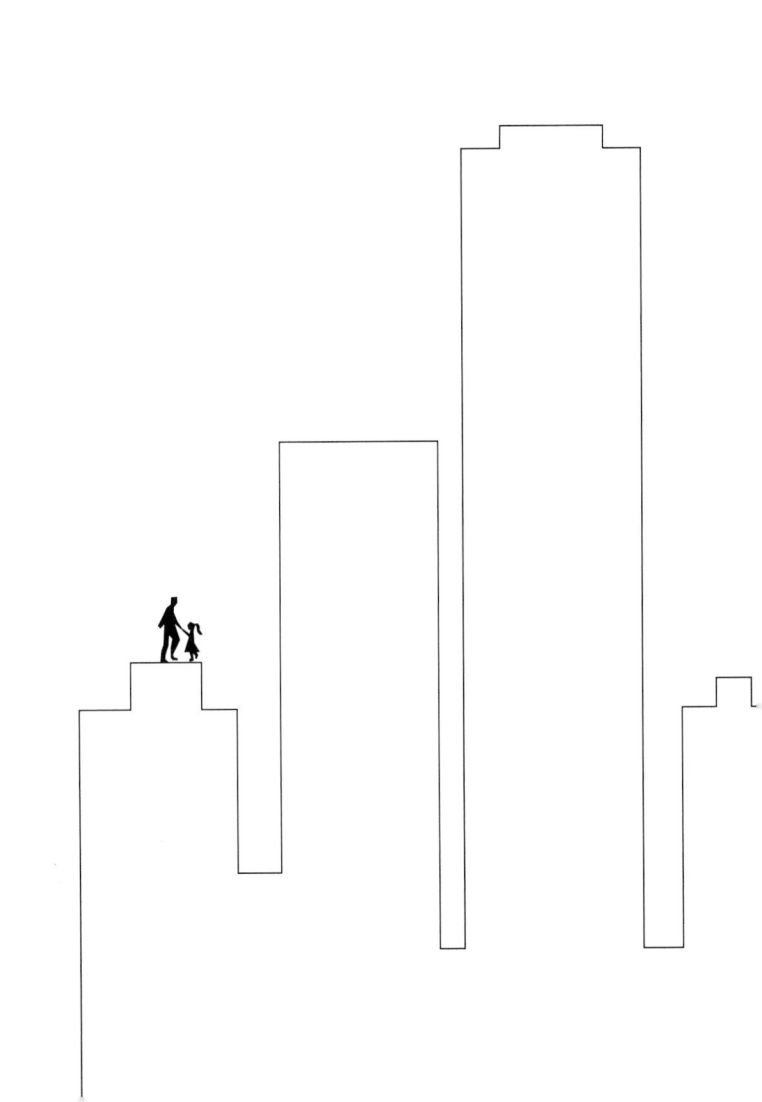

9. ESTAR BEM

Hoje pela manhã eu não caminhei. Estou em casa, perambulando para lá e para cá. O curioso é que vejo na Clara um comportamento similar. Encontro-me com ela, de tempo em tempo, nos diversos cômodos da casa. Na realidade, nos cruzamos. Normalmente, não é assim. É um dia diferente. Clara está quieta, quase não fala. Não vejo as suas brincadeiras corriqueiras, e isso me preocupa. Na ânsia de tentar entender o que está acontecendo com ela, pergunto:

– Meu amor, está tudo bem?

A resposta dela é um singular e duro:

– Sim.

Isso só aumenta a minha preocupação. Minha pergunta, por óbvio, foi pouco criativa. Invariavelmente, a resposta de qualquer criança para esse tipo de questionamento é exatamente a que eu recebi, ou seja, de pouco proveito.

Vendo-a assim, não me satisfaço, não aceito e parto para mais uma tentativa:

– Clarinha, não estás com fome? Quer que o pai prepare algo para comeres?

– Não. – Responde ela.

Mais uma vez, de nada adiantou.

Clara vai para o seu quarto. A porta permanece aberta, na forma que ela sabe que eu e minha esposa gostamos. Passo pela frente da porta, fingindo estar a me deslocar ao meu quarto e, tanto na ida como na volta, espio para ver o que ela está fazendo. Ela segue quieta e pensativa.

Não aguentando mais a agonia que estou sentindo, chamo-a para a sala de estar, peço que ela se sente ao meu lado, coloco a mão sobre os ombros dela, envolvendo a parte de trás do seu pequenino pescoço, na forma de um "meio abraço", dou um beijo na sua bochecha esquerda e digo:

– Sabes que sempre que precisares o pai vai estar ao teu lado, não é?

– Sim, claro que sei. – Diz ela, posicionando apenas os olhos na minha direção.

– Então, me conta, estás triste, posso te ajudar?
– Não, pai, eu apenas estou quieta, cansada. Quero ficar um pouco assim, sozinha. Entende?

Antes de responder, me dou conta de que ela deve estar nas exatas condições que relatou. Fico pensando que, talvez, eu não esteja me sentindo tão bem. Faço essa reflexão em silêncio. No tempo em que eu demoro para responder, ela me questiona:
– Pai, está tudo bem?
E eu respondo:
– Sim.

Ela coloca o seu pequeno braço esquerdo por cima do meu ombro direito, alcançando meu pescoço e me dá um beijo na bochecha direita.

10.
O SOM DO SILÊNCIO

– Pai, o que vamos fazer agora?
– Quem sabe caminhamos no campo?
Clara acena positivamente com a cabeça e abre um sorriso. Pega a minha mão, da forma delicada como só ela sabe fazer, entrelaçando parte dos seus pequenos dedos nos meus, e começamos a caminhar.

O céu parece nublado, mas sinto que por detrás daquelas nuvens estão fortes raios solares, que me trazem a sensação de calor, um verdadeiro mormaço.

Caminhamos lentamente; no campo há de se cuidar onde pisar, verificando se não há animais perigosos soltos, bem como atentar ao caminho da ida, que nos conduzirá na volta.

Em determinado momento, vejo que Clara já está cansando, e proponho:

– Meu amor, quem sabe sentamos e descansamos um pouco?
– Sim, eu quero pai. – Responde Clara.

Dirigimo-nos a um tronco enorme que há no pasto e nos sentamos. Passados alguns segundos, questiono Clara:

– Estás ouvindo o silêncio?
– Ouvindo o silêncio? – Responde Clara com outra pergunta.
– Sim, isso mesmo. – Reitero.

Clara, que não é de aceitar as coisas simplesmente por aceitar, me pergunta:

– Pai, se há silêncio, como posso ouvir algo?
Uma pergunta difícil de responder, mas tento.
– Você ouve agora o barulho do vento?
– Sim. – Responde Clara.
– Você ouve agora o som do mugido do boi?
– Sim. – Responde Clara.
Quando o vento parou e os animais silenciaram, pergunto:
– E agora, fecha os teus olhos e me responde: o que você ouve?
– Agora não ouço nada. – Responde Clara.
– Pois bem, esse é o som do silêncio.
Clara ficou parada, novamente por alguns segundos, matutando aquilo que foi dito, e indagou:
– Por que eu preciso fechar os olhos para ouvir o som do silêncio?
E eu respondi:
– Porque é um som que se ouve quando paramos para pensar.
Clara me deu sua mão de novo e seguimos o caminho da volta.

11. CORA-GEM

– Pai, olha ali! Pessoas caminhando na rua neste horário!

Clara fala de um homem que, com uma mochila nas costas, caminha apressadamente pela calçada. Realmente, para Clara, muito tarde, perto das 10 horas da noite, o horário em que ela, religiosamente, se deita para dormir.

Hoje, como tivemos uma janta na casa de amigos, vai dormir um pouco depois e se deparou com uma realidade fora do normal dela: durante a noite, pessoas circulando pelas ruas. Ao contrário do que a Clara poderia imaginar, quando ela deita para dormir, o mundo não para. Respondo para ela então:

– Sim, meu amor, várias pessoas caminham pelas ruas durante a noite. Claro, um número menor do que de dia, mas são muitas pessoas.

– E não é perigoso? – Questiona a atenta Clara.

– Sim, é perigoso. – Respondo.

– E durante o dia, pai?

Com essa pergunta, fico pensando como dar a resposta adequada para Clara. Dizer que durante a noite é bem mais perigoso, mas que de dia também é? Hoje, não existe mais um momento em que não

existam riscos; a violência, infelizmente, é muito grande. Entretanto, não quero assustar Clara. Digo, então, meio que fugindo do assunto:
– O que você acha que esse homem está fazendo a caminhar na rua neste horário tão tarde?
Clara ficou pensativa. Não sei se pelo fato de eu ter quebrado a linha lógica do raciocínio dela, não respondendo a pergunta que me foi feita, ou se porque ela quer, de todas as formas, acertar o que o agora misterioso homem está fazendo na rua a esta hora da noite. Mas, alguns segundos depois, ela responde:
– Ele está voltando da academia.
Ao ouvir a resposta, me seguro para não rir, pois a Clara odeia quando faço isso; sente-se menosprezada. Pelo jeito do homem que caminha na rua, há grande chance de ele estar voltando do trabalho. Mantenho a seriedade e respondo:
– É uma hipótese. Mas, não te parece que esse senhor aparentava um olhar cansado, de quem trabalhou muito durante todo o dia?
– Sim, trabalhou, foi na academia e agora está "muuuuito" cansado. – Responde ela.

Agora senti que a coisa vai longe, pois Clara começou a ter certeza de que acertou. Conheço bem a minha filha; aliás, conheço bem como minha filha é parecida comigo. Decido, por isso, testá-la:

– Clara, mas, se sabemos que é tão perigoso caminhar à noite na rua, será que alguém faria isso para ir numa academia?

Mais uma vez, vejo-a pensativa. Seu olhar, até certo ponto, parece até mesmo ser de preocupação. Ela me indaga:

– Será que ele está ali não porque ele quer, mas porque ele precisa?

– Provavelmente, sim, meu amor. – Respondo.

– Que coragem desse homem! – Replica ela.

– Sim, a coragem de quem precisa lutar para viver. Saem de casa pela manhã, sem a certeza de que vão conseguir voltar.

Nosso carro se aproxima da entrada da garagem do nosso prédio, abro o portão eletrônico e, rapidamente, ingressamos. Vejo que minha filha está tensa, pois sabe bem dos riscos da violência. Fico pensando se não exagerei, se não fui muito objetivo, assustando-a. Carro estacionado, antes de descermos, ela refere:

– Ainda bem que nós saímos mais de dia.

Ouvindo isso, vejo que não errei em falar para ela dos perigos da noite, mas também fico com a certeza de que devo uma resposta para ela.

12. COMEÇAR DE NOVO

– Pai, olha que legal o trabalho que a professora pediu para a gente fazer!

– Diga, Clara.

– É para escrever como nós pensamos que vai ser a história das nossas vidas.

Realmente, é compreensível a reação da Clara. A professora pediu aos alunos uma tarefa instigante. Minha curiosidade é saber como a minha criativa Clara pretende desenvolver seu trabalho.

– E aí, já escreveste algo, já tens uma ideia do que tu vais escrever? – Pergunto para ela.

– Sim! Comecei, mas depois risquei e vou começar de novo.

– Mas, por que riscaste?

– É que não deu muito certo. Acho que fiz algumas previsões erradas.

Estes são os momentos em que mais me derreto interiormente quando falo com a minha filha. Um misto de doçura, com ar pretensioso, regado por uma ingenuidade própria das crianças. Mas, desprezo esse meu sentimento interior, que me levaria a, rindo, abraçar Clara e pulverizá-la de beijos, e, de forma séria, digo:

– Correto, meu amor. Se não deu certo na primeira vez, podes fazer isso, começar de novo.
– É o que eu estou tentando fazer. Vou te dar um exemplo, pode ser?

Ao receber o questionamento, aceno com a cabeça, de cima para baixo, "dizendo" sim, e, em se tratando da Clara, confesso que minha curiosidade é total acerca do exemplo.

– Eu tinha colocado que vou casar com 25 anos, que vou ter dois filhos e que, quando eu estiver com 60 anos, eu e meu marido vamos morar numa fazenda. Claro, nossos filhos já serão adultos e já não estarão morando mais com a gente.
– Sim, mas o que tem de errado nisso? Quem não pode ter o sonho de comprar uma fazenda? Se não for possível uma fazenda, ao menos um sítio, usando as economias reunidas?
– Não é isso, pai! O problema inicial é: como eu saberei se vou encontrar alguém para amar e ter filhos? E, mais uma coisa, como saberei se vou estar vivendo com o meu marido por tanto tempo; a tia Flávia e o tio Carlos não estão mais juntos, não é?

Mais uma vez, Clara me surpreende. Talvez eu tenha menosprezado a sua prematura visão crítica sobre as coisas. Parti do princípio de que quando ela brincava com as suas bonecas, formando famílias, isso já fosse suficiente para ela idealizar um futuro perfeito, ao menos no sentido tradicional e protocolar, servindo como base de algo tranquilo e certo para a sua vida.

– É, Clara, tens razão; certeza não vais ter, mas é apenas uma previsão, uma expectativa que a professora quer, não é?
– Pai, mas eu não estou pensando naquilo que a professora quer. É sobre a minha vida que eu estou falando.

Ao ouvir o que Clara falou, vi que eu não estava entendendo nada mesmo. Clara estava muito à minha frente. Olhei para ela e, sem ter o que comentar sobre a sua última fala, referi:

– Realmente, se é assim que tu pensas, foi correto riscar e começar de novo. Tem mais alguma coisa que pensaste sobre a história da tua vida?

– Sim, mais uma. Tinha colocado que, quando eu tivesse uns 60 anos, gostaria de repetir contigo e com a mamãe, já velhinhos, uma das viagens que nós fizemos quando eu era criança.

– Que legal, Clara! Uma viagem, retomar algo que foi feito no passado. Muito interessante.

– É, mas risquei de novo. – Disse ela.

Ao terminar a frase, vejo que a Clara fechou o seu costumeiro sorriso e baixou a cabeça. Então me aproximei dela, dei um abraço e vi que escorriam lágrimas dos seus olhos. Preferi não perguntar para ela o motivo do choro; apenas disse no ouvido dela:

– O importante é, sempre que for necessário, começar de novo.

13. TENTANDO ENTENDER

– Pai, preciso de uma ajuda.
Já fazia algum tempo que a Clara não me pedia algum auxílio. Ela se tornou, ao longo dos seus poucos anos de vida, uma criança munida de autonomia até mesmo surpreendente. Já faz algum tempo que eu e minha esposa não somos chamados para intervir nos estudos da nossa filha. Isso, por si só, justifica minha curiosidade. Será na Matemática, no Português, na História?
– Clara amada, evidente que posso te auxiliar. Agora, se for Língua Portuguesa, acho melhor chamar a tua mãe.

Clara me ouviu sem responder de forma imediata, olhou para cima, sem levantar a cabeça, suspirou e disse:
– Não é isso, pai.
Diante da expressão dela e da resposta, senti que havia algo mais profundo; possivelmente, não se tratava da ajuda para fazer algum trabalho, compreender uma fórmula ou coisa parecida. Assim, questiono:
– Filhota, você pode ser mais específica?

Nesse momento, tive todos os cuidados do mundo para não fazer a brincadeira que ela odeia, aquela que se dá quando eu peço que ela seja mais "clara".
– Eu preciso de uma ajuda para entender melhor as pessoas.
– Disse ela.
Desta vez, quem joga os olhos para cima sou eu. A pergunta migra para uma seara totalmente distinta, mas permanece inespecífica. Hora de ter cuidado com as palavras; Clara, em que pese sua maturidade prematura, é muito sensível.
– Você fala de alguém em especial? – Questiono.
– Sim e não... – Respondeu ela.
O silêncio toma conta do ambiente. Apenas alguns segundos, mas parece uma eternidade. É muito difícil não ter respostas imediatas e objetivas para dar a um filho, ainda que o tema proposto seja complexo e de evidente árdua análise. Sinto como se estivesse faltando na minha condição de pai. Ao mesmo tempo, sei da responsabilidade que está por detrás da minha resposta. Administrando a situação, tento questionar:
– Se não se trata de algo ligado a alguém especial...
Antes de eu terminar, Clara me interrompe:
– Eu não disse isso: disse *sim e não*.
– Então, a quem você se refere?
Pelo olhar da Clara, acredito que agora ela vai se permitir a falar. Vi que ela, aos poucos, se aliviou da tensão inicial e disse:
– Pai, eu me refiro a alguns dos meus colegas.
– E o que você quer entender?
Finalmente, vejo que vou conseguir ajudá-la. Demorou, mas apareceu a questão que tanto a incomodava.

– Quero entender o motivo de cada um deles agir de forma tão diferente?

Puxa, hoje a Clara está me consumindo, quantas abstrações. Imagino que ela deve estar sofrendo. Estará ela sendo vítima de *bullying*, por parte de toda turma, por parte de algum colega? Preciso obter uma resposta para isso.

– Clara, as pessoas são diferentes e por isso agem de forma diferente. Alguém não agiu bem contigo? – Questiono agora, para, finalmente, ter uma resposta direta.

– Sim e não... – Responde ela.

Mais uma vez, volto à estaca zero. Já estou suado, tenso; penso em chamar minha esposa para me ajudar a desvendar o que se está passando com a Clara. Mas, antes, faço mais uma tentativa.

– Clara, me explica, então, o *não*?

– Esse é fácil, pai. Me entristece ver alguns dos meus colegas destratando os funcionários da escola, outros colegas e até mesmo os professores. Alguns sequer os cumprimentam e até debocham das roupas que eles usam.

Ao terminar a resposta, vejo que ela demonstra muita tristeza em seu rosto. E ela segue:

– Vejo isso, mas não sei o que fazer. Preciso de ajuda, não consigo entender.

Fico pensando, rapidamente, como posso ajudá-la, mas não consigo uma resposta. Passo a compreender a angústia da minha filha. Realmente, ela vai demorar para entender isso ou, ao menos, assimilar que na vida as coisas também são assim. Hoje ficarei devendo uma resposta para ela. Não adianta! Algumas vezes é assim. Prefiro, diante disso, silenciar e dar um abraço nela, talvez seja a melhor ajuda que eu possa oferecer, meu afeto. Ela corresponde, usando toda a força que possui nos seus pequenos braços, que sequer conseguem se encontrar nas minhas costas. Sinto no meu peito as gotas das lágrimas da minha filha e, muito embora, num primeiro momento, tenha pensado em questionar a ela a resposta para o *sim*, desisto; acredito que a resposta já está dada.

85

14. AUTORRETRATO

– Oi, Clara! Como foi a aula hoje?
– Pai, simplesmente espetacular!

Adoro quando a Clara chega animada das atividades escolares. Vibro, no meu interior, de verdade. Nem sei bem o que me leva a ter essa satisfação plena, talvez até mesmo o fato de que não me recordo de ter tido esse sentimento quando do meu período escolar. Não adianta, por mais que se queira, é muito difícil não projetar algo das nossas vidas na vida dos nossos filhos.

– Me conta, meu amor, qual foi a atividade que tanto te encantou?
– Teve aula de artes.
– Sim, mas teve alguma atividade especial?
– Teve. A professora pediu para a gente fazer um desenho da gente mesmo.
– Ah, um autorretrato?
– Isso, isso mesmo! Ela nos mostrou vários autorretratos de inúmeros artistas incríveis, antigos e novos.
– Puxa! Muito legal mesmo. E vocês conseguiram fazer? Digo isso porque não é fácil.

Clara, ao ouvir meu último questionamento, nitidamente parou por alguns segundos, o velho e conhecido "estilo Clara" de pensar. Conheço bem a pequena quando provoco as reflexões dela e já me preparo para o que pode vir.

– Pai, por que você diz que não é fácil?

Bingo! Lá vem a Clara com suas perguntas.

– Minha filha, eu imagino que desenhar um autorretrato seja algo difícil.

– Depende, não é?

Mais uma vez, minha filha começa a construir um diálogo que, sem dúvida, em algum momento vai me surpreender. Não raras vezes, me embretar. Desta vez, entretanto, opto por um certo enfrentamento.

– Olha, Clara, não acho que depende tanto de algo. Deve ser sempre difícil fazer um autorretrato.

Clara, que não costuma gostar de ser contrariada, incha as suas fofas bochechas com ar, suspira e diz:

– Não foi isso que a professora disse.

Lá vem ela... De forma esperta, usou o argumento de autoridade da professora. Vamos ver onde isso irá parar.

– E o que ela disse?

– Disse que devíamos nos desenhar como nós nos vemos. E, assim, não existiria o certo ou o errado. Quando não há certo ou errado, tudo fica mais fácil. E na arte, segundo ela, não existe o certo ou o errado.

Realmente, por esse viés, Clara tem razão. E a professora, pelo jeito, é diferenciada mesmo. Já tinha recebido excelentes referências sobre ela. Tenho que voltar atrás e dizer para Clara que ela tem razão. Com isso, inclusive, conseguiremos retomar a harmonia da nossa conversa.

– Sim, Clara, agora entendi. Concordo contigo.

Nitidamente, após ouvir minha fala, o olhar da Clara muda. Migra para um olhar tranquilo e, até mesmo, passa a impressão de se

sentir exitosa, Clara é bem competitiva. Tentando seguir a mudança de rumo do papo, questiono:
– Posso ver o teu desenho?
– Claro que sim!
Feliz, Clara abre a sua mochila e retira de dentro uma pasta de quatro abas. Abre a referida pasta e, cuidadosamente, saca de lá uma folha de ofício e me mostra.
– Aqui está!
Pego a folha das mãos da minha pequena artista, aproximo dos meus olhos e me deparo com um bonito e caprichado desenho. Lá está o rosto de uma menina, sorrindo, com um diminuto colar no pescoço no qual está pendurado um coração, o cabelo é loiro e a franja é reta. Fico feliz, pois é uma imagem que passa felicidade, tranquilidade e um verdadeiro retrato de infância. Se Clara se vê assim, não tenho como não ficar satisfeito.
– Muito bom! Adorei! Imagino que a turma toda tenha curtido fazer o trabalho.
– Sim, pai, todo mundo gostou.
– Algum dos teus colegas se destacou?
Mais uma vez, Clara fica pensativa. Não adianta, é o jeito dela; a Clara não desperdiça palavras; quando fala, retrata o que pensa.
– Olha, talvez a Cíntia.
– Por que ela se destacou?
– Porque ela se desenhou maquiada e vestida como adulta.
– Realmente, algo diferente, não é? – Questiono.
– Nem tanto, né. Ela vai ao salão de beleza com a mãe dela desde os 8 anos de idade, pinta as unhas desde antes disso e usa aquelas roupas... A mãe dela quer assim.

Clara é implacável. Diz o que pensa. Vê as coisas e vê longe. Acho melhor parar por aqui. Não vou valorizar demais a questão da Cíntia e os exageros das projeções da mãe dela junto à filha; não acho que é conversa para ter ainda com a Clara. Mas, apenas para arredondar, pois não quero que a Clara fique chateada com o que eu disse antes, explico para ela:

– Clara, só para registrar, apenas falei aquilo sobre não ser fácil desenhar pelo fato de vocês serem crianças.

– É, pai, mas olha o que a professora nos deu para ler.

Clara me entregou uma folha na qual estava escrita a seguinte frase: "Quando eu tinha 15 anos, sabia desenhar como Rafael, mas precisei de uma vida inteira para aprender a desenhar como as crianças". A frase é atribuída ao pintor Pablo Picasso. Ao ler, abro um sorriso, imediatamente sou correspondido por ela, que, na forma mais Clara de ser, pisca um dos olhos, como que me dizendo: vamos em frente, que essa já está resolvida.

91

15. PROCURANDO RESPOSTAS

– Paaaai, quem não vale nada?
– E agora, o que vais responder para a tua filha? – Questiona minha esposa.

Conheço bem o objetivo desse tipo de interrogação, por parte da minha mulher, que sempre vem acompanhado de um leve sorriso no canto dos lábios, que sugere ironia e, ao mesmo tempo, cobrança, principalmente quando ela usa a expressão "tua filha".

– O que eu vou responder? Poderia dizer: é o que eu penso, é uma ideia interessante, não achas? – Respondo, em tom que destoa do normal.

Ela, mais uma vez, lança um olhar, mas, desta vez, silencioso. Nada precisa ser dito; basta o olhar. Sinto-me cobrado. Ela conseguiu seu objetivo. Após alguns segundos, me desarmo e passo a refletir sobre o ocorrido. Sou reiteradamente alertado pela minha esposa acerca de excessos, quiçá um certo radicalismo nas minhas posições, em especial sobre a conduta das pessoas. Minha reação, normalmente, é um misto de rejeição com compreensão, exatamente nessa ordem. E foi o que ocorreu agora há pouco, quando eu defini uma pessoa como alguém que não vale nada, e ponto.

– Talvez possas dizer para ela que foi apenas uma força de expressão. Entretanto, a pergunta dela não foi por que tu disseste isso, e sim quem não vale nada. E conhecemos bem a nossa Clara: quando pergunta, sabe exatamente o que perguntou.

Minha esposa tem razão: a Clara não é uma criança que fala as coisas sem pensar antes. Ela, a partir de agora, aguarda a resposta para a pergunta que fez.
– Paieeeeee, quem não vale nada? – Grita ela novamente
– Henry, pelo jeito terás que pensar logo na tua resposta; a Clara não vai desistir.
Venho errando com esses excessos e já não é de hoje. Em alguns momentos até já me questionei se eu sou assim; em outros, se me tornei alguém assim. Entretanto, minha conclusão é de que estou assim. Ainda que possa ser uma cômoda conclusão, pois evita que eu tenha que partir para mais duros enfrentamentos, é o que penso.
Não posso negar que, de tempo em tempo, tenho me decepcionado com as pessoas. Ou melhor, com algumas pessoas. E aí que talvez esteja o ponto mais relevante que eu deva observar: não generalizar a decepção pontual que tenho com alguns poucos.
– Meu amor, sabes que eu não faço isso para te pressionar ou para te entristecer; quero te ver bem e sei que assim você sofre. – Diz minha esposa.

Imediatamente, ao terminar de falar, me abraça. Nada mais precisa ser dito. Ela sabe que esses meus pensamentos mais fazem mal para mim do que para os outros. E sabe, também, que o que mais me faz sofrer é se em algum momento isso vier a atingir a nossa filha. Mas, eu sei que ainda não estou preparado para vencer essa situação, muito embora já consiga enxergá-la, o que eu reputo um grande avanço. Com paciência, apoio e alguma sabedoria que espero ter, em breve quero me ver poupado da constrangedora situação de não ter o que responder para a minha filha.

– Paaaaai...!

Antes de a Clara terminar de me chamar, chego no quarto dela e digo:

– Clara, quantas vezes já te disse que eu não quero que fiques nos chamando aos berros, do quarto?

Antes de qualquer resposta dela, volto para a sala de estar, sento-me no sofá, olho para minha esposa, que carinhosamente me dá a sua mão, e permanecemos em silêncio. É melhor eu ligar a televisão.

# 16. METÁFORAS

Faz muito tempo que eu não via a Clara tão envolvida com um trabalho de aula. Acaba de passar aqui pela sala de estar correndo, repleta de papéis, lápis de cera, canetas e outras coisas mais. Como sempre, minha curiosidade está me matando. Sei que tenho que me segurar um pouco, uma vez que ela precisa fazer as coisas com mais liberdade, sem a pressão permanente do meu olhar.

– Pai, você sabe onde está a minha tesoura? – questiona Clara.
– Sim, lá no teu estojo.
– Não, pai, eu quero aquela menor. Para fazer o meu trabalho não pode ser a grande.

Por alguns segundos, sinto uma espécie de necessidade de que o tempo pare, garantindo-me um espaço para pensar, como se "o meu pensamento fosse um rio subterrâneo". Isso normalmente me ocorre quando há dentro de mim uma sobreposição de pensamentos. É o caso: me pergunto onde estará a tal tesoura pequena e, também, aumento a minha curiosidade acerca do trabalho da Clara.

– Clara, lembrei! A tesoura pequena deve estar na pasta da tua mãe. Aproveitando, qual o trabalho...

Antes que eu terminasse de falar, ela segue a corrida e me deixa "a ver navios". Vejo que ela encontra a tesoura e vai para o seu quarto. Pelo barulho, a atividade é intensa. Dou alguns minutos e me aproximo da porta, olho para dentro do quarto e só vejo cabelos caindo sobre os ombros dela. Entretanto, atento como sou, ouço um barulho sugestivo de que a Clara está chorando. Eu me aproximo e vejo "lágrimas que escorrem como um rio sobre as suas bochechas". Chegou a minha hora, penso eu:

– O que houve, Clarinha? Posso te ajudar?

Clara seca as suas lágrimas com a mão direita, a mesma que segura uma caneta, fato este que, por si só, me angustia, pela proximidade com que o objeto passou dos seus olhos, e diz:

– É que eu não sei desenhar bem.

É um momento no qual eu devo ter cuidado. Tenho que saber como colocar as palavras para a minha filha. Realmente, desenhar não é e nunca foi o forte dela. Então, digo para ela:

– Clara, desenhar não é algo fácil. As pessoas que desenham bem se preparam muito, aprendem técnicas. Olha a história de vida dos grandes pintores.

Vejo que minha resposta acalmou a Clara. Mais do que isso, vejo que ela está aberta à minha cooperação. Assim, sigo o diálogo:

– O que você está desenhando?

– Um quadro de natureza morta. – Responde ela.

Como forma de motivá-la, exclamo:

– Uau! Que legal! Mas, é difícil mesmo. E o que você está tentando desenhar?

– Rosas secas.

Fico pensando: puxa vida! Rosas secas... Muito difícil mesmo. De onde teria saído essa ideia.

– Clara, quem sabe você não desenha outra coisa? Quem sabe uma rosa linda?

– Não dá, pai. Aí eu não vou acertar o que a professora pediu no trabalho.

– Mas o que ela pediu? Não é um desenho de natureza morta?
– Sim, mas não é qualquer um.
Faz tempo que não me sentia tão envolvido com uma dificuldade da Clara. Já começo a ficar impaciente. Acredito que preciso objetivar a conversa.
– Meu amor, me diga, então, com clareza, o que a professora pediu.
– Ela pediu para lermos esta frase e, depois, fazermos o desenho.
Clara me deu um papel, no qual estava escrito: "A vida não é um mar de rosas". Leio e entendo a Clara. Preciso de alguns segundos para me recompor internamente. Com a Clara é sempre assim; as coisas nunca são simples, superficiais. As rosas devem estar secas, sim. Olho para ela e digo:
– Será que para o teu trabalho ser bem avaliado pela professora o desenho das rosas secas precisa estar tão bem feito? As dificuldades não devem ficar evidenciadas?
Clara olha para cima, no seu tradicional gesto de "momento de pensar", e, após, redireciona o olhar para mim e diz:
– Concordo, pai. Acho que meu desenho até já está pronto.
Ao terminar de falar, naquele exato momento, posso afirmar que "os seus olhos são luzes brilhantes".

17.
MINHA AMIGA

Saio para buscar a Clara na casa de uma amiga. Nos finais de semana, normalmente, é assim; a cada sábado a Clara passa a tarde com alguma amiguinha ou recebe a visita de alguém. Um pouco antes de chegar no prédio onde reside a amiga da vez, de nome Ísis, em verdade uma colega que recém ingressou na escola da Clara, telefono para a mãe dela, avisando que estou para chegar. Chegando lá, Clara já está na portaria me aguardando, ao lado da amiga e da mãe.

Abro a porta do carro, a Clara entra e se senta no banco de trás.

– Oi, pai!

– Oi, meu amor, como foi a tua tarde? Divertida?

Vejo pelo espelho retrovisor que minha filha não responde de pronto, nem mesmo com uma resposta protocolar. Normalmente, isso significa que Clarinha vem aí!

– Sabe, pai, foi legal, mas a nossa brincadeira foi bem diferente, um pouco estranha.

Conheço bem a Clara; dito e feito, algo chamou a atenção dela, e ela, como costumeiramente faz, não deixará passar como se não tivera ocorrido. Por isso, estimulo que ela siga falando.

– E qual foi a brincadeira?

– Brincamos de Branca de Neve.

Penso eu, Branca de Neve, a clássica história infantil. O que pode ter sido tão estranho na brincadeira havida? Essa Clara sempre querendo ir mais longe. Agora, como sei que jamais posso desprezar os pensamentos dela, pois ela não reage bem a isso, fomento a discussão.

– O que teve de estranho na história da Branca de Neve? Acho tão legal!
– Eu, normalmente, também gosto. Mas hoje foi meio estranho. Então, reitero:
– Sim, mas o que teve de estranho?
– A Ísis tem na casa dela um espelho enooooorme. E ela se vestiu com algumas roupas da mãe dela, parou na frente do espelho e começou a falar com uma voz diferente: "Espelho, espelho meu, diga-me se há no mundo alguém mais bela do que eu!"

Essas conversas com a Clara são espetaculares. Evidente que a Ísis se fantasiou de madrasta da Branca de Neve e falou a célebre frase que consta na história infantil.

– Sim, Clara, a frase faz parte da história! Muito legal a brincadeira!

Algumas vezes, sinto a necessidade de acalmar as coisas com a Clara. Preocupa-me quando ela começa a enxergar problemas ou achar estranho aquilo que não oferece motivo para tanto.

– Peraí, pai! Deixa eu terminar! Vejo, pelo mesmo espelho retrovisor, que ela não quer parar por aí.

– Claro, diga. – Respondo.

– Eu era a Branca de Neve, e ela me emprestou a fantasia dela.

– E aí? – Questiono, já, confesso, com alguma ansiedade.

– Aí, ela disse que eu tinha que ir para trás do espelho e responder: "Evidente que é você, pois a Branca de Neve é horrorosa".

Realmente, agora entendi o que a Clara quis dizer. E disse a ela:

– É, Clara, ela mudou a história, não é?

– Não é somente isso, pai. Depois, a Ísis começou a chorar sem parar.

– Por quê? – Pergunto.

– Ela dizia que o espelho, que era eu falando o que ela pediu, estava mentindo. Aí eu ofereci para ela se ela não queria ser a Branca de Neve. Entretanto, ela não quis.

Mais uma vez, Clara tem razão, a brincadeira foi parar em algo muito estranho. A amiga não deve estar muito bem. Acho melhor minimizar os efeitos disso. Hora de acalmar as coisas. Então, digo:

– Que chato isso mesmo, meu amor! Mas, pelo menos, a brincadeira parou e vocês foram fazer outra coisa, correto?

– Mais ou menos, pai. – Responde Clara, com um olhar de quem ainda está incomodada.

– Não brincaram mais? – Questiono.

– Não, a Ísis não quis brincar mais.

– Que pena! Ao menos fizeram algum lanche?

– Ela comeu um pastel.

– E você?

– Eu não comi nada.

– Ué, mas você adora pastel!

– É que só tinha um...

– E não tinha mais nada para você comer?

– Ela me ofereceu uma maçã, mas eu preferi não aceitar.

105

18. MARCAS DA VIDA

Deitado no sofá da sala de estar, numa posição que de longe não é a mais cômoda, mas, ao mesmo tempo, muitas vezes necessária, sinto um calor chegando ao meu rosto e a nítida sensação de que estou sendo observado. Abro os olhos e me deparo com a minha filhota com a ponta do seu pequeno nariz quase encostando no meu.

Abraço-a rapidamente, com a intenção de assustá-la, começo a fazer cócegas nela, brincando, e falo:

– Te peguei! Me espionando... Agora tu vais ver!

Ela ri de forma desgovernada, e eu insisto nas cócegas e no abraço, quase que imobilizando a sapeca. Porém, em determinado momento, vejo que ela parece ter cansado da brincadeira e diz:

– Chegaaaa, pai! Não é isso. Não é brincadeira.

Vejo que chegou a hora de parar. Sim, a hora de parar. Como é importante identificar essa hora! Questiono para Clara:

– Tudo bem! Parei, mas, se não é brincadeira, o que é? Tu querias me engolir, e começaria pelo nariz?

– Para pai! Já falei. Não é brincadeira.

Depois da reiteração dela e conhecendo bem a minha filha, resolvo mudar o tom.

– Amadinha, me explica então...

– É o seguinte, pai. Eu estava olhando para um buraquinho que tu tem no teu rosto, bem ao lado do nariz.

— Ah, sim, Clara! Era uma espinha que eu tive na adolescência e que, depois de curada, ficou assim. Mas, qual o motivo de tanto interesse por isso?

Clara deu uma pausa, como quem estava reinicializando suas ideias, usando uma terminologia atual, e passou a explicar.

— Hoje, na escola, estávamos conversando sobre os sinais que a vida deixa na gente.

Agora, penso eu, caiu a minha ficha. Realmente, não era uma brincadeira. Vamos ver onde a Clara quer chegar.

— Sim, e o que mais? – Pergunto.

— O que te lembra esse buraquinho no rosto? – Ela questiona.

— Clara, me lembra muita coisa. Lembra meus amigos de colégio, minhas namoradas, meus pais e, principalmente, me faz lembrar de como eu era lá atrás, possibilitando que eu possa, até mesmo, comparar com o que eu sou hoje.

— Puxa, pai, que legal! Bem que a professora disse que não eram somente marcas, sinais.

Impressiona-me como as crianças de hoje têm uma compreensão diversa de mundo a partir dos ensinamentos da escola, diferente da que eu vivi quando criança. Quanta sensibilidade!

Após, Clara pergunta:
– Tu tens mais alguma marca dessas?
– Olha, Clara, tenho uma marca no joelho esquerdo, olha só?
– Uau, que marca grande! – Responde ela.
– Foi uma queda de bicicleta. Machuquei o joelho, e ficou assim. Lembro direitinho do dia. Estava muito feliz, livre, andando de bicicleta nas ruas de paralelepípedo da praia e me desequilibrei, e caí. Sabes que, mesmo que eu tenha sentido dor na época, hoje eu me lembro desse momento com carinho e saudade.
– Bah, pai, mas deve ter doído muuuuito! Me conta outra, mais alguma marca ou sinal?
– Sim, olha os meus ombros.
Levantei a gola da minha camisa e abaixei a manga, por cima, pelo braço.
– Pai, tu parece uma girafinha. Que é isso?
– São pintas, marcas do sol. Pegava muito sol quando tinha lá meus 20 anos de idade e minha pele descascava, e depois ficava assim. E nunca mais saíram as pintas.
– E não usava protetor solar? – Pergunta a Clara.
– Não, naquela época não existia isso.

Clara ficou me observando como quem se surpreende com tal informação. Por alguns segundos, permaneço quieto, lembrando meu passado. Vêm-me à mente coisas que já estavam esquecidas, em tempos já distantes. Que bom ter essa sensação agora, ao lado da minha filha, e dividir parte disso com ela!

Em meio a isso, Clara, que me observava por todo esse tempo, como um perdigueiro procurando minhas marcas, diz:

– E esse sinal aqui na tua perna? Que diferente!

É um sinal de nascença. Olho para Clara e respondo:

– Clarinha, esse sinal talvez seja o mais importante.

Ela me olha e, sem falar, questiona: por quê?

E eu sigo falando, em tom de resposta:

– Esse nasceu comigo. Talvez seja a grande testemunha de tudo o que eu vivi. Ele esteve sempre ao meu lado e ao lado de todas as marcas que vieram a se somar na minha vida.

Vejo que a Clara, ao ouvir minha resposta, se emociona. Ela é muito sensível. Ela aproxima o seu rosto do meu, beija a minha testa e me abraça com muita força. Mais uma marca na minha vida, desta vez no meu coração.

111

19. DECEP-ÇÃO

– Oi, pai! Posso te fazer uma pergunta?
Clara e suas perguntas... Sempre uma expectativa à parte. Como uma cabecinha tão jovem pode ser tão inquieta, curiosa!
– Evidente, meu amor! Podes perguntar.
– Bom, o que eu quero saber é: o que é se decepcionar?
Como já imaginava, pergunta estilo Clara, nunca algo simples, fácil ou, até mesmo, óbvio. Bom, mas, vamos lá. Minha filha não pode ficar sem resposta. Nunca a deixo, como se diz atualmente, no vácuo.
– Olha, Clara, não é uma resposta tão simples e direta, pois há muitas coisas que podem nos decepcionar. Você pode ser mais específica? Alguma coisa está te incomodando?
Dito isso, vejo que a Clara fica pensativa. Acredito que, possivelmente, algo específico aconteceu ou minha filha está fazendo mais uma de suas precoces reflexões acerca da vida.
– Não sei bem, pai. É algo que eu estou sentindo e não sei se tem alguma relação com alguma coisa específica.
– OK, mas o que estás sentindo? – Pergunto.
– É uma sensação, como posso explicar..., como se eu tivesse alguma comida que eu engoli parada entre a garganta e o estômago.
A resposta dela não deixa a menor dúvida de que ela está ansiosa com alguma coisa. Não me parece, a princípio, ser alguma questão de alimentação. Então, questiono:
– Você está preocupada com algo?

– Preocupada, acho que não. Estou em dúvida se não estou decepcionada.
Interessante isso, ao que parece, para uma criança como a Clara. Há um espaço importante de aprendizado de algumas expressões que dizem diretamente com os sentimentos dela. Clara está tentando entender o que é estar decepcionada.
– Muito bem, Clara, tentando te ajudar. Estar decepcionado é ter um sentimento de frustração em razão de alguma expectativa existente.
Pelo olhar da Clara, após minha resposta, vejo que talvez minha explicação não tenha sido tão eficaz. Então, pergunto:
– Entendeste, filhota?
– Não muito bem. O que é uma frustração? – Questiona.
– A frustração é uma espécie de obstáculo que encontramos quando buscamos atingir determinado objetivo. Mais ou menos isso.
Mais uma vez, vejo minha filha pensativa. Acredito que minha explicação mais a confundiu do que esclareceu. Não posso deixá-la assim.
– Clarinha, te ajudei?
– Um pouco. Vou tentar te explicar o que eu estou pensando. Eu estava na aula, num trabalho em grupo, e vi que um dos meus colegas estava com algumas dificuldades. Então, eu me ofereci para ajudá-lo.
– Muito bem. Acho que fizeste o correto.
– Calma! Deixa eu terminar. Aí comecei a mostrar para ele como eu achava que devia ser feito o trabalho. Em meio à minha explicação, a professora se aproximou e perguntou o que eu estava fazendo.
– E o que você disse para ela?

– Disse que estava ajudando o colega. Mas, quando eu falei isso para ela, ela disse que eu não era a professora e que, se ele não soubesse como fazer, ele deveria perguntar para ela.

Ao terminar de ouvir a Clara, me segurei para não dar uma resposta rápida, pois, num primeiro momento, me parece evidente que a professora não agiu bem. Entretanto, como eu sei que a Clara admira muito os seus professores, e eu acho isso muito bonito e importante, vejo que devo ter muito cuidado ao enfrentar este tema.

– Pois é, será que a professora não estava querendo dizer para o teu colega que ele não precisa ter receio de perguntar para ela as coisas sempre que ele tiver alguma dificuldade? – Perguntei.

– Mas, pai, ela não falou para ele, ela falou para mim.

– Verdade, meu amor. Então, talvez ela tenha errado. Todos nós erramos em algum momento. Já te falei isso outras vezes, não é?

– Então, eu posso dizer que me decepcionei?

Ao ouvir a pergunta da Clara, não tive dúvida ao responder:

– Sim, Clara, uma decepção é uma frustração com algo que a gente não esperava e que, por isso, nos deixa muitas vezes triste. – Respondo.

E ela arrematou:

– Então, entendi. A gente pode se decepcionar com alguém que a gente gosta e admira. Era isso que eu precisava saber.

20. DIA DOS PAIS

– Pai, você tem um tempinho para mim agora?
– Que pergunta, Clara! Tenho todo o tempo do mundo.
Ao ouvir minha resposta, Clara abre um sorriso que mistura alegria e uma certa ironia. Ela sabe que minhas atividades profissionais diárias limitam, e em muito, a minha disponibilidade para a família. Mas, ela também sabe do meu esforço para tentar mudar isso. E ela segue falando:
– É que eu tenho um tema e preciso de você para fazer.
– Perfeito, filhota. Fazemos agora.
Clara pede que eu aguarde e retorna com um gravador, uma prancheta e uma caneta. Lembro, neste momento, que ela andava para lá e para cá com essa prancheta já faz vários dias, escrevendo sem parar. Muito curioso! Então questiono:
– O que vamos fazer?
– É o seguinte. Hoje eu vou te entrevistar. Este é o tema de casa.
– Que legal! Vamos em frente. Estou aguardando as perguntas. Teremos algum tema específico?
– Sim, o Dia dos Pais.
Como não havia imaginado antes! Faltam poucos dias para o Dia dos Pais e era evidente que a escola faria alguma atividade sobre isso. Clara pede para sentarmos junto à mesa de jantar, para que ela tenha um apoio para o gravador, e começa:

– Bom dia! Qual o seu nome?
Neste momento, me seguro para não começar a rir. O olhar sério da minha entrevistadora e a forma solene que parte do linguajar e segue pelo tom de voz é algo de engraçado. Entretanto, sei que a Clara jamais me perdoaria se eu começasse a rir, ainda mais estando a ser gravada a entrevista. Assim, entro na brincadeira, e respondo:
– Bom dia, meu nome é Henry.
– Muito bem, senhor Henry. Vou fazer algumas perguntas. O senhor autoriza a gravação da nossa entrevista?
Desta vez, quase não consigo me segurar, mas me esforço, e respondo:
– Positivo.
– A primeira pergunta é: o Dia dos Pais é um dia alegre ou triste?
Ao receber a pergunta, me surpreendo. Aliás, me parece que já passou o tempo de eu me surpreender com a Clara. Será que eu não me dou conta disso? Bom, mas tenho que responder.
– O Dia dos Pais é um dia feliz, um dia no qual os pais ficam muito contentes e comemoram com a família.
Clara ouve a minha resposta, para por alguns segundos, como se estivesse lendo as demais perguntas que havia preparado, mas, também, demonstrando algum desconforto. Adiante, ela fala:

– Vamos suspender por alguns minutos a entrevista e já voltamos.

Tão logo ela termina de falar, dá o *stop* na gravação, larga a prancheta, dirige os redondos olhos verdes para mim e diz:

– Pai, por que é um dia feliz?

Trata-se de um questionamento que me parece simples, mas, em se tratando da Clara e suas reflexões de uma criança em desenvolvimento infantil na direção à adolescência, vejo que há algo mais por detrás da pergunta. Mas, opto por responder de forma objetiva:

– Clara, é um dia feliz, um dia para abraçar e beijar seus filhos, para confraternizar.

– Sim, mas no caso da Bela, minha colega, que já perdeu o pai?

Eu sabia: para a Clara os raciocínios nunca são rasos, superficiais. Possivelmente, convive com a colega que perdeu o pai tão cedo e está acompanhando a tristeza da amiga.

– Realmente, Clara, para ela pode não ser um dia feliz, por ser um dia no qual ela fica com saudades do pai. – Respondo.

– Então, vamos ter que fazer novamente a minha entrevista, não é? Aquela tua resposta está errada.

Ouço o questionamento dela e penso como explicar para ela que a minha resposta não está errada, que a situação da amiga dela não é corriqueira, a morte tão cedo do pai da Bela por uma fatalidade, algo incomum.

– Não vejo necessidade de gravar novamente aquela parte da entrevista, podemos seguir adiante. Podes ver que a maioria dos teus colegas estarão com os pais deles no Dia dos Pais e todos estarão felizes.

– Mas, pai, os pais destes pais estarão lá também comemorando?

Essa é a pequena Clara. Pelo que vejo, uma grande entrevistadora, que faz as perguntas certas, que não aceita o óbvio e que se interessa pelo resultado de seu *trabalho*.

– Tens razão, minha filha, muitos pais destes pais não estarão lá comemorando. E as saudades muitas vezes geram tristezas, sim. Mas, é uma data que nos permite lembrar, com carinho, de pessoas que a gente ama e que não estão mais aqui, não é?

– Sim, pai, agora entendi, mas, então, é um dia que não é só feliz. É triste também?

– Acho que sim. Talvez essa seja a melhor resposta, pois um pai é sempre um filho também.

121

21. ESCO-LHAS

— Pai, estou preocupada.

Preocupada, Clara preocupada, ué, mais uma novidade da minha filha.

— Diga, filhota, o que houve?

— É que a Bela me convidou para uma festa na casa dela.

— Que coisa boa! Você é amiga dela. É sempre bom visitar uma amiga.

— Não, pai, não é esse o problema.

Diante da resposta enfática da Clara, coisa que não é comum, recuo e questiono:

— Calma, Clara, o pai não entendeu, qual o problema, então?

Clara inspira com força, joga o ar para fora, moldando seus lábios como que formando um bico, e responde:

— É que a Bina também me convidou para ir na casa dela.

— Opa, que coisa boa também!

Somente pelo olhar da Clara, vejo que a minha simplista resposta não lhe agradou novamente; assim, antes de ela falar, indago novamente:

— O que preocupa você?

— Os convites são para o mesmo dia, no mesmo horário.

Agora entendi. A Clara se deparou com uma dificuldade que ela nunca havia enfrentado. Quando ela era menor, eu e minha esposa

solucionávamos essas questões, mas agora a Clara está tendo que solucionar. E ela não sabe como fazer.
– Clara, entendi. Você terá que fazer uma escolha. Posso ajudar, caso você queira.
– Mas, como pai, como você pode me ajudar?
– Ora, conversando contigo.
Vejo que ela ficou quieta, pensando, por alguns segundos, até que, com o olhar, me pediu a ajuda. Então, segui:
– Você prefere ir na casa de qual das duas amigas?
– Pai, acho que esse não é bem o meu problema; gosto das duas e ficarei bem onde eu for.
– Bom, mas, então, o que preocupa você, de forma objetiva? Terá que fazer uma escolha.
– É o que vai sentir a amiga para a qual eu disser que não vou.
Agora ficou claro para mim. Essa é a Clara. Olho nos olhos redondos da minha filha e explico:
– É, Clara, as nossas escolhas, na maioria das vezes, afetam os outros.
Clara acena positivamente com a cabeça e, aparentemente mais aliviada, diz:
– Vamos continuar conversando.

125

22. MEDO

– Oi, pai!
– Oi, Clarinha!
– Posso te fazer uma pergunta?
– Claro, meu amor.
– Então espera um pouco que eu já volto!

Adoro a curiosidade da Clara sobre as coisas, a necessidade que ela vê em fazer perguntas que me parecem uma forma de dar sustentação ao seu crescimento. E sei da importância que tenho como pai em momentos como esse.

Clara foi ao quarto, correndo, como sempre faz, e retornou com um livro. Abriu o livro e, mostrando-me uma das páginas com o seu pequeno dedo indicador, questionou:

– O que você sente olhando para esta imagem?
– Olha, amor, eu sinto mais de uma sensação.

Ao receber a minha resposta, Clara sobe os olhos, mais para a esquerda, um movimento dela que eu já conheço bem e significa que ela está pensando. Alguns segundos depois, ela diz:

– Mas tem que dizer uma delas, a principal.
– Ok, acho que a principal sensação que eu sinto é de angústia.
– Angústia, ah tá…

Vejo que, após a minha resposta e a sua manifestação, Clara fica quieta e pensativa. Na condição de pai, não posso deixar as coisas como estão; então questiono:
– E aí? Te ajudei? É um trabalho para a aula de amanhã?
– Não, pai. Foi um trabalho que já fiz na aula de ontem.

Após a nova resposta, ela segue quieta. Tentando evoluir a situação para algo mais concreto e, ao mesmo tempo, avaliar o que está passando pela cabeça dela, questiono:
– Que legal! Foi na aula de artes?
– Sim, a professora de artes nos fez essa pergunta.
– E o que você respondeu?

Ao ouvir a minha pergunta, vejo que Clara engole sua saliva, em nítida demonstração de alguma tensão. Mas, logo após isso, ela diz:
– Eu errei.

Depois da resposta dela, eu começo a entender o que está ocorrendo.
– Mas, Clara, como você errou se é apenas uma sensação sobre uma imagem? Cada um pode ter a sua.
– Sim, mas todos da turma responderam angústia, como você.
– Mesmo assim, você respondeu o que sentiu! O que você respondeu?
– Eu respondi medo.
– E a professora disse que estava errado?
– Não, não disse. Mas, como somente eu falei… e meus colegas me chamaram de medrosa.
– Uma pergunta: o trabalho foi escrito ou oral com toda a turma?
– Foi oral, com todos da turma.
– E você foi a primeira a responder?

– Não, fui a última.
– Então, meu amor, acho que você não é a medrosa da turma.
Depois que eu terminei de falar, vi que a atenta Clara entendeu o que eu quis dizer e guardou o livro com a ilustração do quadro "O grito", de Edvard Munch.

23. ESCADAS E ATA-LHOS

O dia da aula de Educação Física sempre foi para mim um dos mais divertidos na escola. E eu vejo que com a Clara isso também acontece. Adoro ouvir as histórias dela quando ela retorna da escola nesses dias. Chego na escola para buscá-la e ela entra no carro, hora de ouvi-la.

– Oi, filhota, como foi a Educação Física?
– Olha, pai, hoje foi um pouco diferente.

Como conheço bem minha filha, vejo que algo aconteceu; não a vejo com aquele entusiasmo costumeiro.

– Diferente, como assim?
– O professor fez uma atividade nova.
– Legal, sempre são boas novas experiências, não é?

Faço essa pergunta e vejo a Clara nos seus momentos de raciocínio, normalmente, com os olhos posicionados para cima.

– Nem sempre; algumas vezes não.

Tento provocar a explicação completa, perguntando:

– Mas, afinal, qual foi a nova atividade?
– Era uma subida e descida em escadas. E ganhava quem fizesse todo o percurso em menor tempo. Fiquei em oitavo lugar.

Tão logo ela terminou de responder, compreendi: Clara é muito competitiva; não deve ter gostado de ficar em oitavo lugar.

– Amor, mas foi uma boa colocação. Vocês são 28 na aula, não é?

Clara, desta vez, além de olhar para cima, ficou vermelha no rosto e suspirou. A realidade é que as meninas, no meu modo de ver, são sacrificadas nos exercícios aeróbicos nas escolas; a prioridade é sempre para os meninos, no futebol, nas corridas, uma ideia ainda machista, motivo pelo qual elas sempre estão atrás nesse quesito; a Clara até é uma exceção.

– Pai, a questão não é essa! – exclama, Clara, em tom mais alto.

– Querida, calma, não fala assim com o teu pai. Me explica melhor então.

– É que alguns meninos começaram a descer antes de subir todos os degraus da escada. Como cada um marcava o seu próprio tempo, eles chegaram antes ao final do exercício.

– Minha filha, mas o professor deveria ter feito algo; isso não é correto. Você tem toda razão.

– Pai, mas ele fez. Ele colocou os meninos em último lugar.

– Bom, mas, então, qual foi o problema?

– O problema é que eles são meus colegas e fizeram isso!

Clara tem razão. São pessoas com quem ela convive diariamente, amigos, que não agiram bem. Isso chateia a minha sensível filha. Ela tem o direito de ficar incomodada.

– Clara, agora eu entendi. Espero que os teus colegas tenham entendido a lição.

– Acho que entenderam, pai. O professor foi duro; disse para eles que na vida, para chegar em algumas posições, temos degraus que necessariamente devemos subir e que aqueles que procuram atalhos, normalmente, não chegam a lugar nenhum.

Quero conhecer esse professor, um verdadeiro mestre. Um mestre para minha filha e, agora, para mim também.

133

24. O CHEIRO DA VÓ

Quando a Clara e eu estamos juntos, em especial apenas os dois, brotam momentos com significados que se tornam cada vez mais importantes para mim.

Numa das nossas últimas caminhadas, enquanto marchávamos em direção aos nossos destinos, cada vez mais comuns, ela, de repente, lançou a seguinte pergunta:

– Paieeee, você sentiu?
– O quê, Clara? – questionei.
– O cheiro da vó!

Por alguns segundos, fiquei pensando, "cheiro da vó", como assim? E referi:

– Não senti nada.
– Como não, pai? É o cheiro da vó?
– Clara, qual vó?
– Pai, a tua mãe, a minha vó!
– Sim, mas qual cheiro?

Feita essa pergunta, Clara seguiu caminhando, mas parou a fala, seguindo, também, é claro, o seu pensamento.

Na falta de uma resposta dela, insisti:

– Qual cheiro?
– Pai, não sei bem explicar.

Clara conviveu e convive com a minha mãe menos do que poderia, ou, até deveria, conviver. Mas, isso é outro papo. Então, realmente, não sei o que ela quer dizer com isso.

– Clara, quem sabe eu te ajudo.
– Sim, pai, me ajuda.

Clara, em regra, em que pese sua juventude, é extremamente autossuficiente. Se ela pediu ajuda é pelo fato de que ela precisa mesmo solver essa questão.

– Vamos lá então. Quando que você sente esse cheiro?
– Hummm.
– Quando você abraça a vó?
– Não. Acho que eu sinto o cheiro quando entro na sala onde está o armário dela, onde nós brincamos com as roupas antigas dela.
– E como é o cheiro?
– É meio forte!
– E você gosta do cheiro?
– Do cheiro mesmo, acho que não. Mas gosto de quando sinto o cheiro.

Que resposta confusa da Clara! Tenho que tentar entender melhor.

– Olha, pai, de novo, o cheiro da vó! Acho que é dessa senhora que cruzou novamente por nós.

Uma senhora, pela segunda vez, passou à nossa frente, desta vez em sentido contrário. Senti o cheiro; é de naftalina. Algumas pessoas têm o hábito de colocar naftalina nos armários, para proteger as roupas das traças. Minha mãe usa isso; a Clara sentiu o cheiro e reconheceu. Agora já tenho como ajudar a Clara.

– Meu amor, o que você sentiu pode não ser, realmente, um cheiro bom, mas é um bom cheiro de sentir: é o cheiro da lembrança, aquele que ninguém nunca poderá nos fazer esquecer.

25. CAMINHANDO NA CHUVA

– Vamos lá!
– Já vou, filhota.
Como o tempo passa rápido e os fatos vão nos surpreendendo! É, Clara cresceu, já não é mais aquela menina pequenina. E, a cada momento, sinto-a mais minha companheira.
– Paieeee!
Chega a ser engraçado ela me cobrando, dizendo que já chegou a hora combinada para a nossa caminhada. Isso, a *nossa* caminhada, algo que foi um dia somente meu, hoje não é mais. Entretanto, ao contrário do que poderia parecer, desta vez, não ter mais algo só seu é um ganho. Coisas que, talvez, somente um pai pode compreender.
– Pronto! Vamos lá!
– Ufa, até que enfim. – Responde Clara, com as bochechas inchadas de ar e com dois lindos olhos voltados para o céu.
Deixamos o nosso prédio e ingressamos na calçada para a nossa nova jornada. Com a Clara, uma caminhada ainda menos densa que aquela que eu fazia e ainda faço quando estou só. Entretanto, já posso afirmar que é uma caminhada eletiva, um exercício; não é mais um simples passeio, como foi no passado.
A caminhada é regada por uma série de conversas; ela me conta muito sobre o que está pensando, o que fez nos dias anteriores, coisas que parecem estar reservadas para serem ditas nesse momen-

to de pai e filha. Não perco a oportunidade de dizer várias coisas para ela também, coisas que eu sei que não devo deixar de contar, coisas que somente eu poderei dizer para ela. Vejo que ela gosta disso, que gera nela curiosidade, compreensão acerca de fatos da vida dos pais dela, dos avós, da sua família como um todo.

Observo algumas nuvens e falo para ela:
– Está com jeito de chuva; está vendo as nuvens?
– Sim, algumas nuvens. Lembra quando nós ficávamos sentados na esteira no chão, vendo o movimento das nuvens e os desenhos que se formavam? – Responde ela, com uma indagação.
– Sim, lembro. Já faz tempo que não fazemos mais isso.

Interessante a memória de uma criança; ela guarda muitas vezes, como algo especial, coisas que para nós adultos são coisas vistas como comuns, talvez com menor significado.
– Opa, Clara, este vento é de chuva!
– Verdade, que brisa deliciosa, não é, pai? – Responde ela, com mais uma indagação.
– Sim, gostosa, até mesmo por estar quente; acho que é por isso que vem a chuva.

E está chegando mesmo a chuva. É hora de voltar. Acabo de sentir um pingo caindo no meu corpo.
– Clara, vamos voltar, senti um pingo.
– Não, não precisa! Vamos seguir nosso caminho. Agora falta pouco e está tão bom!
– Bom, está bem, um pouco mais.

Ela sorri, com a flagrante sensação de uma conquista, misturada com a evidente alegria acerca do que está fazendo.

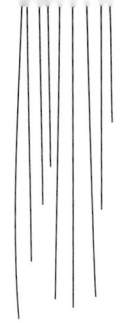

De repente, a chuva aperta, aumenta, se torna uma tromba d'água. Imediatamente, digo:
— Clara, agora a chuva está mais forte; vamos tentar nos abrigar.
— Não precisa, pai! Vamos tomar um banho de chuva.
— Puxa! Mas vamos ficar encharcados.
— Não faz mal. Olha que delícia!
Confesso que me surpreendo com a conduta da Clara.
— Não podemos nos gripar, meu amor.
— Mas, pai, está calor! Abre os teus braços assim, e sente a chuva e a brisa.
Paro ao lado dela e faço exatamente o que ela pediu.
— Viu, não é maravilhoso?
— Sim, minha filha! Maravilhoso!

– Parecido com os banhos de chuva que você tomava com os seus amigos na infância?

Clara se lembrou das histórias que eu contei para ela sobre as brincadeiras que eu fazia com os meus amigos quando chovia, e estava me possibilitando reviver isso tudo.

– Sim, meu amor, parecido, mas muito mais especial.

Quando eu termino de falar, ela me abraça, me beija o rosto e diz:

– Nunca vou esquecer: o primeiro dia de chuva com o meu pai.

Seguimos caminhando, agora de mãos dadas, na chuva, pelos nossos caminhos, passos novos, somente nossos.

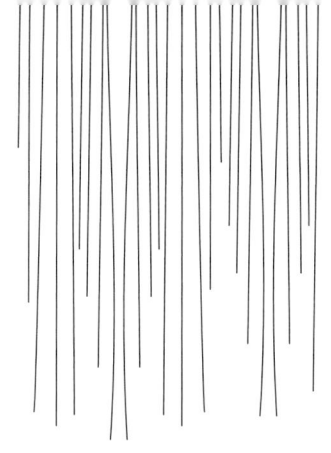